KB251197

지혜의 샘물

KSI 한국학술정보㈜

지혜의 샘물

박무학 엮음

KSI 한국학술정보㈜

나는 누군가 박 무학이 되고 싶다

집안을 나쁘다고 탓하지 말라
나는 아홉 살 때 아버지를 잃고 마을에서 쫓겨났다.

가난하다고 말하지 말라
나는 들쥐를 잡아먹으며 연명했고
목숨을 건 전쟁이 내 직업이고 내 일이었다.
작은 나라에서 태어났다고 말하지 말라
그림자 말고는 친구도 없고, 병사로만 10만
백성은 어린애, 노인까지 합쳐 200만도 되지 않았다.
배운 게 없다고 힘이 없다고 탓하지 말라
나는 내 이름도 쓸 줄 몰랐으나, 남의 말에 귀 기울이면서 현명해지는 법
을 배웠다.

너무 막막하다고, 그래서 포기해야겠다고 말하지 말라.
나는 목에 칼을 쓰고도 탈출 했고,
뺨에 화살을 맞고 죽었으나, 살아나기도 했다.

적은 밖에 있는 것이 아니라 내안에 있었다.
나는 내게 거추장스러운 것은 깡그리 쓸어버렸다.

나를 극복하는 순간 나는 징기스칸이 되었다.
나는 누군가 박 무학이 되고싶다.

회의하다 망해도,
기도하다 망한 곳은 없다.
-피 종진 목사-

살아 있는 건축을 보는 안목을 갖자
최고의 예술가는 건축자요,
건축은 종합예술이며,
건축이 고장 나면, 내게 와야 한다.
-박 무학 선교사-

물을 얻기 위해서 샘에 가면 샘물을 길어 올리지요.
그 때 샘물만 길어 올리지 말고 지혜도 함께 길어 올리도록 하소서.

갈 곳을 가기 위해서 길을 걷지요.
그 때 길의 목적지만 생각하지 말고 내 인생 여정의 목적지도 함께 생각
하게 하소서.

열매를 얻기 위해서 나무에 올라가지요.
그 때 나무의 열매만 따지 말고 내 이름의 열매도 함께 따도록 하소서.

정상에 오르기 위해 산에 오르지요.
그 때 산을 오르는 어려움만 극복하지 말고
내 생활의 어려움도 함께 극복하는 마음을 얻게 하소서.

친구를 만나기 위해 찻집에서 기다리지요.
그 때 친구만 기다리지 말고 내 마음이 참으로 바라고 있는 것도 기다리
게 하소서.

차를 운전하기 위해 도로 표지판을 보지요.
그 때 도로의 표지판만 보지 말고 내 생각의 표지판도 함께 보게 하소서.

반짝이는 별을 보기 위해 어두운 밤하늘을 보지요.
그 때 별만 찾지 말고 절망 속에서도 피어나는 내 희망도 함께 찾도록 하
소서.

비가 올 것인가를 알기 위해서 하늘을 바라보지요.
그때 구름만 보지 말고 내 삶에도 구름이 끼고 비가 내릴 때가 있으리라
는 것도 함께 알게 하소서.

위 기도의 내용같이 우리의 인생 여정 속에서 지혜를 얻을 수 있는 방법
을 우리가 살아가면서 어떻게 지혜를 얻고 어떻게 적용할 때 보다 더 효
과적이고 적극적인 호응을 얻을 수 있을 것인지 또 감동을 이끌어낼 수
있는지 그 방법들을 찾아보고자 했다.

이 책이 탄생되기까지 수고하고 은혜 베푸신 주위 분들과 출판사 관계자
분과 추천해주신 분께 영원한 감사를 드린다.

이 책은 지혜에 대해서 참고서 역할을 할 수 있는 훌륭한 양서로 자리매김하여 세계 곳곳에서 읽혀지게 될 것으로 기대하며 또한 세계인들에게 사랑을 받으면서 당당히 대한민국의 대표적인 책으로 알려지게 될 것이다.

지혜는 모든 것의 뿌리고 최고의 재산이며 힘이다. 유태인이 박해 속에서 의지할 대상은 지혜뿐이었다. 유태인을 살아남게 한 것이 지혜였다.

지식이 알수록 복잡하다는 것은 누구나 다 아는 사실이고, 지혜는 알수록 단순하다.

여러분은 공기를 매번 생각하는가 하는 것이 지혜와 같다고 생각하면 된다.

죽을 때 본인이 인간으로 살다가 죽는 걸 느낄 수 있다고 본다. 나의 지혜는 존재계에서도 절대적으로 나만의 것이어야 하고 상식, 도덕, 경위(涇渭), 예의 이런 것들을 넘어서야만, 나의 지혜가 찾아온다.

이렇듯 지혜에 대한 것을 어떻게 받아들여야 되며 어떠한 환경에서 적절하게 적용하여 우리들의 삶에 기여할 수 있을까 하는 부분에 대하여 기대하면서 특별한 관심을 가지고 섭토하였다.

아무쪼록 이 책을 통하여 삶의 지침서가 되길 충심으로 기원하면서 감히 추천해 마지않는다.

2007년 10월
선교사 서동하

사람의 참된 아름다움은 그 생명력에 있습니다.
더불어 마음 씀씀이와 함께 삶에 실천력이 있다면 금상첨화(錦上添花)일
것입니다.

언제나 온유하고 겸손한 마음을 가진 사람의 눈은 맑고 아름답습니다.
깊은 생각과 자신의 분야에 대한 연구를 게을리 하지 않는 사람에게서는
밝고 지혜로운 빛이 느껴집니다.
바로 이 때에 자신의 분야에서 최선을 다하는 사람 박 무학 선교사님의
"지혜의 샘물"이 그 모습을 드러내어 이러한 기대에 부응(副應)할 수 있
게 되어 충심(衷心)으로 축하합니다.

좋은 글을 통해 자신을 발견하고 실천한다는 것은 지혜와 능력이며 하나
님의 축복입니다. 그러므로 21세기 무한경쟁시대를 살아가는 목회자, 신학
생, 평신도는 물론 모든 분야의 CEO들에게도 권하고 싶은, 평생에 한번은
꼭 읽어야 할 필독서(必讀書)로 적극 권하고 싶습니다. 하여 이에 추천하
는 바입니다.

할렐루야

주후 2007년 10월 27일
남서울중앙교회 피종진 목사

‖목차‖

구원

🍃 사람의 구원은 공적이나 선행에 달려 있는 것이 아니라고 성경과 목사님의 설교시간에 자주 접하곤 하지요. 그런데도 사람에게는 구원을 받으려면 어떤 일을 해야 한다는 마음이 항상 자리 잡고 있는 것 같아요. 지금도 많은 사람들이 자신의 노력이나 공로로 죄의 문제를 해결하고 구원을 받으려고 합니다. 인도에서는 구원을 받고자 뙤약볕 아래서 못이 박힌 널빤지 위에 누워 있는가 하면, 일생을 말하지 않고 살 것을 서약하는 사람도 있고, 수백 킬로미터나 되는 곳을 기어서 순례여행을 하기도 하며, 갠지스 강에서 목욕을 하기도 한다는 기사를 언젠가 읽어 본 기억이 있어요. 성경은, 구원은 행위가 아니라 구원자이신 예수 그리스도를 믿음으로 받는다고 확언하고 있는데, 구원은 우리 주님이 주신 은혜의 선물인데도 말이에요…… 할렐루야.

🍃 너희는 그 은혜에 의하여 믿음으로 말미암아 구원을 받았으니 이것은 너희에게서 난 것이 아니요 하나님의 선물이라.(에베소서 2장 8절)

🍃 주님은 위대한 등대이시다. 성도들은 작은 등대로 빛을 발하여 빛을 찾

는 어두운 세계의 생명을 하나님께로 인도해야 한다.(필립 블리스) 할
렐루야. 샬롬.

🌱어제는 기쁨과 슬픔이 동시에 날아온 하루였어요. 인천 아시아게임
유치는 기쁨이요, 우리나라 국적을 가진 이민 학생이 33명이나 죽인
총기 사건은 경악을 금치 못할 일이요……

저는 오늘 아침 6시 30분부터 청와대 비서실장 770-2100, 청와대
기획조정 비서관실 770-2700, 청와대 민원실 730-5800, 국무총리
비서실장 2100-2010, 정무수석 비서관실 2100-2020, 외교통상부 장
관실 2100-7001, 제1차관실 2100-7026, 제2차관실 2100-8001, 유
재건 한미의원외교협의회장 017-245-7471, 이렇게 9곳으로 전화를
해서 노무현 대통령이 긴급히 미국에 가서 유가족을 위로해야 한다
고 했어요. 또 조기게양도 해야 한다고 했어요. 미국에 우리 동포가
약 200만 명이 살고 있으며, 유학생이 약 10만 명이나 있는데……
그들을 위해서도 노무현 대통령이 직접 가야 하고 또 앞으로 한미
FTA와 비자문제(무비자)도 있고 하여간 미국을 위해서가 아니라,
우리나라 자신을 위해서 노무현 대통령이 미국을 직접 방문하여 위
로를 해야 된다고 저는 생각해요. 미국은 22일까지 조기게양을 한다
고 하는데, 우리나라도 조기게양을 하여서 미국인과 유가족에게 애
도의 표시를 해야 한다고 생각을 하거든요. 대통령이 가만히 앉아서
말로만 위로와 애도 표시가 아니라 미국을 직접 방문해서 행동으로
하면 미국인들과 전 세계인들이 우리나라를 다시 볼 것이에요.

briefing@president.go.kr(청와대 이메일)

'간절한 소원'

주님은 나의 마음을 알고 계시니 나의 영혼의 빈 공간에 주의 영으로 채워 주세요.

나는 교리와 진리를 몰라도 예수님의 사랑으로 빈 마음에 채워 주세요.

나는 지금 앞길을 몰라도 예수님의 말씀의 빛으로 인도받기 원해요.

나는 지금 연약하여도 예수님의 팔에 안기어 다스림 받기 원해요.

나의 빈 가슴에 황금 등대 임하기를 원해요.

나는 지금 불행하여도 내일에 주님의 행복이 채워지기 원해요.

내게 가난과 슬픔이 찼어도 주님의 풍요로 충만하여지기 원해요.

나는 미천하여도 주님의 존귀로 바꾸어지기 원해요.

나는 태산 같은 물질이 없어도 적은 이 몸 드려 충성하리라.

나는 학사 같은 말을 못하여도 유한 언어로 꽃피워 유익을 주리라.

나는 삼손 같은 힘은 없어도 요나단 같은 우정으로 주의 뜻 세우리라.

나는 므두셀라 같은 장수는 없어도 믿음으로 영원무궁한 영생을 누리리라.

나는 그림 같은 집은 없어도 생명수 강가에서 주님과 같이 살리라.

나는 솔로몬 같은 부귀영화가 없어도 주님의 제자 되어 천국 건설하리라.

나는 주님 같은 사랑을 못 하여도 성령의 인도 받아 아름다운 열매 맺으리라.

나는 떨어진 열매되어 썩어 하나님의 새로운 일에 동참하여 새 아침을 보리라.

밤이 깊어도 역사는 밝아온다.

밤이 깊어도 희망은 찾아온다.

즐겁게 살리라 기쁨으로 살리라.

나는 지금 왕자의 지위가 없어도 만왕의 왕의 자녀의 지위가 채워지게 하소서.

이 나라에 밤이 깊어도 천국의 광명한 등불 들고 환하게 밝히게 하소서.

죽은 나사로를 살리신 예수님 십자가에 죽으심으로 우리를 살리시고

부활하신 그리스도의 희생을 나도 본받게 하소서.

하나님의 이름을 욕하던 골리앗을 죽인 다윗, 사울 왕이 죽이려 하였으나

요나단의 희생으로 다윗을 살려 나라 구원하신 하나님이여!

우리나라는 누구를 사용하여 구원하려 하십니까?······

(나 여기 있으니 사용하소서)

🍃 내가 그리스도와 함께 십자가에 못 박혔나니 그런즉 이제는 내가 산 것이 아니요 오직 내 안에 그리스도께서 사신 것이라 이제 내가 육체 가운데 사는 것은 나를 사랑하사 나를 위하여 자기 몸을 버리신 하나님의 아들을 믿는 믿음 안에서 사는 것이라.(갈라디아서 2장 20절)

🍃 우리는 버지니아공대 총격 사건이 한국 국적을 가진 이민 1.5세 학생이 저질렀다는 비보에 경악을 금치 못하고, 충격적인 이 슬픔에 미국인들과 함께 슬픔을 함께 나누어야 한다고 생각을 해요. 저는 18일 아침에 청와대, 국무총리실, 외교통상부장관실 등등……9곳으로 전화를 해서 노무현 대통령이 가서 유가족들을 위로해야 한다고, 또 조기 게양을 해야 한다고 했는데…… (미국은 22일까지 조기게양) 또한 국회의원 총 299명 중 여야 국회의원 203명에게 메일을 보내서 이런 내용을 주장했는데…… 남들은 저에게 그렇게 과잉 반응을 해야 하나…… 할 일 없이 쓸데없는 행동을 한다고 반문할지 모르겠으나…… 미국에 우리 동포가 200만 명 이상이 살고 있으며, 유학생이 약 10만 명이나 된다고 하는데…… 우리 동포와 유학생들을 위해서라도 저는 노무현 대통령이 가야 하고, 조기게양도 해야 한다고 생각을 하거든요. 32명 사망자 중에는 미국인만 죽은 것이 아니라 다른 나라 유학생도 죽었으며…… 또한 앞으로 한미 FTA와 미국 비자문제도(무비자) 있고…… 여하튼 한미관계가 이 일로 인하여 오히려 돈독해질 수 있는 계기를 마련해야 한다고 생각을 하거든요. 우울증 환자, 정신병자 한 명이 저지른 사건으로만 치부할 것이 아니라, 비록 이민자이기는 하나 우리나라 국적을 가진 자가 저질렀으니 우리나라에서는 가만히 앉아서 유감이나 말로만 위로하는 소극적인 행동을 한다면……

🍃 즐거워하는 자들로 함께 즐거워하고 우는 자들로 함께 울라.(로마서 12장 15절)

🍃 옳다면 비난을 절대 두려워하지 말고 틀렸다면 비난을 절대 묵살하지 말라.

🍃 한 주간이 지나는 금요일이에요. '박무학' 선교사님! 오늘도 우리 주님의 인도하심과 도우심으로 멋진 승리의 하루가 되세요. 사랑해요. 축복해요. 강건하세요. 행복하세요. 할렐루야.

'청소년 자살 위험 징후'

❶ 자살하겠다고 위협한다.
❷ 죽음에 관한 내용을 일기에 쓰거나 친구에게 이야기한다.
❸ 등교 등 일상 활동을 거부하거나 가출한다.
❹ 우울증이 지속된다.
❺ 성격이 갑자기 변하고 성적이 뚝 떨어진다.
❻ 술을 마시거나 담배를 피운다.
❼ 자신의 물건을 나눠 주는 등 신변을 정리한다.
❽ 가족이나 친구들과 어울리려 하지 않는다.
❾ 혼자 방에 틀어박혀 음식도 먹지 않는다.
❿ 평소보다 잠을 많이 자거나 반대로 자지 않는다.
⓫ 집중하지 못한다.

(자료: 조선대 부속병원 임상학교실)

'우울증 자가 진단 증세'

❶ 우울, 불안, 공허감이 지속된다.

❷ 절망적인 느낌이 든다.

❸ 죄책감이 들거나 무가치하게 느껴진다.

❹ 취미 생활에 흥미가 없어진다.

❺ 잠을 못 자거나 반대로 많이 잔다.

❻ 갑자기 식욕이 없어지거나 왕성해진다.

❼ 피로나 무기력감이 든다.

❽ 죽음이나 자살을 생각한다.

❾ 쉽게 초조하거나 짜증이 난다.

❿ 집중력과 기억력이 떨어진다.

(자료: 버클리대 정신병리교실)

'우울증 체크 리스트'

❶ 집중력이 떨어져 하던 일을 못 한다.

❷ 세상만사가 귀찮고 부질없다고 느낀다.

❸ 세수, 식사 등도 소홀히 한다.

❹ 부정적인 생각과 걱정을 많이 한다.

❺ 지난 일만 떠올리며 늘 후회한다.

❻ 앞날엔 좋은 일이 없을 거라 믿는다.

❼ 자신을 하찮은 존재라 생각한다.

❽ 식욕이 없고 하루 종일 거의 안 먹는다.

❾ 걱정과 초조감으로 불면증에 시달린다.

7개 이상의 증상이 2주 이상 계속되면 약물치료가 필요한 우울증으로 의심됨.

(자료: 분당서울대병원 정신과)

버지니아공대 총격 사건으로 지목된 조승희가 우울증 환자인지, 정신병 환자인지는 모르겠으나, 우리 주변에 이런 사람들이 있다면 관심 갖고 지켜보며 그들을 위해서 기도해야겠지요. 전에 신문에서 이건희 삼성 회장의 딸도 우울증으로 자살했다는 기사를 읽어 본 기억도 있는데…… 우울증이 가벼운 질환이 아닌가 봅니다.

'당신들 그 슬픔 앞에 무릎 꿇는다'

한없이 한없이 슬프다.
우리가 당신들을 죽였다.
참회의 눈물을 흘리는 것 이외에
지금 우리가 무엇을 할 수 있을 것인가?
생명을 죽였고 평화를 깨뜨렸다.

한없이 한없이 슬프다.
단 한마디
본디 생명을 존중하고
평화를 사랑했던 우리 민족이
천 번에 걸친 외국의 침략으로 인해
그 마음이 무디어졌다는 한마디 이외에
또 무슨 말을 할 수 있을 것인가?

이 슬픈 마음 위에 손을 얹고
당신들의 그 슬픔 앞에 무릎을 꿇는다.
부디 용서하시라.

(김지하 시인 참사 추모시)

 지혜의 샘물

달리다굼

❶ 크리스천의 삶은 주님의 인격과 성품을 닮아 가는 것이며, 성품은 당신의 관계를, 미래를, 행복을 결정한다.

❷ 두려워 말라. 너희 자리는 준비되어 있다. 안일한 삶을 버리고 모험을 택하라.(『내 영혼의 번지점프』의 저자 루시 쇼)

❸ 남자의 몸은 34%의 용기, 10%의 망설임, 그리고 56%의 꿈으로 채워져 있다.

❹ 당신의 머릿속에 잠들어 있는 95%의 잠재의식을 깨워라. 명확한 꿈을 마음에 품어라. 신념을 강화하라.

❺ 주일에 분주한 활동과 일을 멈추는 것은 주님께서 주시는 지각 안에서 뛰어난 평안의 만족을 맛보기 위해서다.

❻ 남을 사랑함으로써 행복하고 남을 인정함으로써 자유로운 사람이 바로 행복 바이러스에 감염된 자이다.

❼ 하나님의 은총을 받은 자여! 자녀를 지식만 채워 가는 천재가 아니라, 가슴이 따뜻한 천재로 키우라.

❽ 꽃이 아름다운 것은 보는 이의 마음 안에 아름다움이 있기 때문이다.

❾ 마음은 눈에 보이지 않는다. 하지만 그 마음의 아름다운 쓰임은 언제 어디서나 환한 빛을 발한다.

❿ 기도는 시인들의 노래처럼 우리의 진솔한 마음이 담긴 하나님과의 대화요, 만남이다.

⓫ 사람들에게 마땅한 대접을 하고, 그들이 잠재력을 발휘하도록 도우라.(괴테)

❶❷ 우리의 마음은 우리의 눈을 지배한다. 미래 사회에서 살아남기 위해 선 사고의 틀을 바꿔야 한다.

❶❸ 삶에 대한 당신의 열정을 회복하라. 꿈을 추구하라. 하나님께서 주신 비전을 발견하라.

❶❹ 자신에게 부과된 은사와 달란트가 무엇인지 깨달아서, 평범한 인생을 가슴 뛰는 삶으로 전환하라.

❶❺ 황홀하지 않으면 새벽을 본 것이 아니다. 사랑하기에 짧은 인생 마지막 순간에 꼭 바라는 것, 지금 그것을 기도하라.

❶❻ 삶이라는 여행을 사랑 없이는 하지 말라. 죽음에 직면한 사람들의 가르침은 어떤 종교의 설교보다도 뛰어나다.

❶❼ 변화를 시도할 때마다 발목 잡는 두려움, 꿈을 이루기 위해서는 먼저 두려움을 극복하라.

❶❽ 삶이란 나 아닌 그 누구에게 기꺼이 연탄 한 장이 되어 주는 것이다. 소외된 이웃을 기억하라.

❶❾ 기도로 하루를 열고 기도로 하루를 닫아라. 기도는 행복의 창고를 여는 열쇠이다.

❷⓿ 어떻게 말하고, 어떻게 생각하고, 어떻게 행동 하는가에 따라서 우리에 삶은 달라진다.

❷❶ 걱정해야 할 것은 늙음이 아니라 녹스는 삶이며, 풍부하게 소유하는 것이 아니라 풍성하게 나누는 것이다.

❷❷ 낡은 탈로부터, 낡은 울타리로부터, 낡은 생각으로부터 벗어나야 새

롭게 시작할 수 있다.

㉓ 살 때는 삶에 철저해 그 전부를 살아야 하고, 죽을 때는 죽음에 철저해 그 전부가 죽어야 한다.

㉔ 마음에 따르지 말고 마음의 주인이 되어 주님께서 주신 삶을 살아 있는 동안 행복하게 하라.

㉕ 행복의 비결은 필요한 것을 얼마나 갖고 있는가가 아니라, 불필요한 것에서 얼마나 자유로워져 있는가에 있다.

㉖ 세상과 타협하는 일보다 더 경계해야 할 일은 자기 자신과 타협하는 일이다. 스스로 자신의 매서운 스승 노릇을 하라.

㉗ 아무리 가난해도 마음이 있는 한 나눌 것은 있다. 근원적인 마음을 나눌 때 행복은 자연히 그림자처럼 따라온다.

㉘ 밝은 마음을 지니고 긍정적이고 낙관적으로 살면 밝은 햇살이 밀려와 우리의 삶을 밝게 비춘다.

㉙ 불안과 슬픔에 빠져 있다면 이미 지나가 버린 과거의 시간에 아직도 매달려 있는 것이다.

㉚ 미래를 두려워하면서 잠 못 이룬다면 아직 오지도 않은 시간을 가불해서 쓰고 있는 것이다.

㉛ 현재 최선을 다해 최대한으로 살 수 있다면 여기에는 삶과 죽음의 두려움도 발붙일 수 없다.

㉜ 과거에 한눈을 팔면 현재의 삶이 소멸해 버린다. 저마다 서 있는 자리에서 자신답게 살라.

❸❸ 말을 안 해서 후회되는 일보다도 말을 해 버렸기 때문에 후회되는 일이 얼마나 많은가.

❸❹ 말이 많은 사람한테는 신뢰가 가지 않는다. 침묵을 소중히 여길 줄 아는 사람에게 신뢰가 간다.

❸❺ 살 때는 전력을 기울여 뼈근하게 살아야 하고, 일단 삶이 다하면 미련 없이 선뜻 버리고 떠나야 한다.

❸❻ 우리는 어디서 와서 어디로 가는 나그네인지 매 순간 되돌아보라. 주님께 질문해 보라.

❸❼ 영원한 밤이 없듯이 영원한 낮도 없다. 낮이 기울면 밤이 오고, 밤이 깊어지면 새날이 가까워진다.

❸❽ 행복이란 무엇인가! 밖에서 오는 행복도 있겠지만 안에서 꽃향기처럼 피어나는 것이 진정한 행복이다.

❸❾ 하루 한순간만이라도 순수하게 묵상하는 시간을 갖는다면 삶의 질이 달라질 것이다.

❹⓪ 온갖 고통과 고난을 이겨 내기 위한 의지적인 노력은 다른 한편 이 다음에 새로운 열매가 될 것이다.

❹❶ 사람의 몸에 음식이 필요하듯 우리의 영혼에는 기도가 필요하다. 기도는 하루를 여는 아침의 열쇠이고, 하루를 마감하는 저녁의 빗장이다.

❹❷ 마음에 어떤 믿음이 움 나면 그것을 가슴속 깊은 곳에 은밀히 간직해 두고 하나의 씨앗이 되게 하라.

❹❸ 씨앗을 마음의 토양에서 싹트게 하여 마침내 커다란 나무로 자라도

록 기도하라.

❹❹ 하나의 씨앗이 열매를 이룰 때 그 씨앗은 세월을 뛰어넘어 새로운 씨앗으로 거듭나리라.

❹❺ 창조적인 노력을 기울여 변화를 가져오지 않고 그저 날마다 비슷비슷하게 되풀이되는 습관적인 일상의 반복에서 삶에 녹이 스는 것이다.

❹❻ 아름다움을 드러내기 위해 가꾸고 다듬는 일도 무시할 수 없지만, 자신의 삶에 녹이 슬지 않도록 늘 깨어 있으면서 안으로 헤아리고 높이는 일에 근본적인 노력이 뒤따라야 한다.

❹❼ 행복이란 가슴속에 사랑을 채움으로써 오고, 신뢰와 희망으로부터 오고, 따뜻한 마음을 나누는 데서 움이 튼다.

❹❽ 따뜻한 마음이 고였을 때, 그리움이 가득 넘치려고 할 때, 영혼의 향기가 발산되고 행복도 쌓인다.

❹❾ 좋은 친구는 인생에서 가장 큰 보배이다. 친구를 통해서 삶의 바탕을 가꾸라.

❺⓪ 날마다 삶이 새로워지는 아름다운 글을 남기라. 언제 어디서 누구에게 읽히더라도 부끄럽지 않을 삶의 진실을 담고 말이다.

❺❶ 그 어떤 어려운 상황에서도 생의 소박한 기쁨을 잃지 않는 것, 그것이 바로 삶을 살 줄 아는 것이다.

❺❷ 지금 이 순간을 놓치지 말라. '나는 지금 이렇게 살고 있다.'고 순간순간 자각하라.

❺❸ 날마다 새롭게 도전하라. 묵은 수렁에서 거듭거듭 털고 일어서라.

❺❹ 이 순간을 헛되이 보내지 말라. 이런 순간들이 쌓여 한 생애를 이룬다.

❺❺ 우리는 보이든 보이지 않든, 혈연이든 혈연이 아니든, 관 속에서 서로 얽히고설켜 이루어진다. 그것이 우리의 존재이다.

❺❻ 말은 생각을 담는 그릇이다. 생각이 맑고 고요하면 말도 맑고 고요하게 나온다.

❺❼ 생각이 야비하거나 거칠면 말도 또한 야비하고 거칠게 마련이다.

❺❽ 입에서 나오는 말로써 그의 인품을 엿볼 수 있다. 그래서 말을 존재의 집이라고 한다.

❺❾ 이 세상에서 영원한 것은 아무것도 없다. 어떤 어려운 일도 어떤 즐거운 일도 영원하지 않다.

❻⓪ 자신이 지니고 있는 직위나 돈, 재능이 중요한 것이 아니라, 어떤 가치관으로 어떤 삶을 이어 가느냐가 삶의 가치를 결정한다.

❻❶ 좋은 친구를 만나려면 먼저 나 자신이 좋은 친구감이 되어야 한다. 왜냐하면 친구란 내 부름에 대한 응답이기 때문이다.

❻❷ "녹은 쇠에서 생긴 것인데 점점 그 쇠를 먹는다."라는 말처럼 마음이 그늘지면 그 자신이 녹슬고 만다.

❻❸ 왜 남을 증오하는가! 우리는 같은 배를 타고 같은 방향으로 항해하는 여행자들이 아닌가! 남을 증오하지 말라.

❻❹ 언제 어디서든 모든 것을 긍정적으로 생각하라. 그러면 그가 서 있는 자리마다 향기로운 꽃이 피어나리라.

❻❺ 억지로 꾸미려 하지 말라. 아름다움이란 꾸며서 되는 것이 아니다. 주
님이 주신 본래 모습 그대로가 그만이 지닌 특성의 아름다움이다.

❻❻ 삶에는 즐거움이 따라야 한다. 즐거움이 없으면 그곳에는 삶이 정착
되지 않는다.

❻❼ 즐거움은 밖에서 누가 가져다주는 것이 아니라, 긍정적인 인생관을
지니고 스스로 만들어 가야 한다.

❻❽ 우리가 불행한 것은 가진 것이 적어서가 아니라, 따뜻한 가슴을 잃
어 가고 있기 때문이리라.

❻❾ 이 세상에 영원한 존재는 그 누구에게도, 그 어디에도 없다. 오직
예수 그리스도만이 영원한 존재이다.

❼⓿ 자기 스스로 행복하다고 생각하는 사람은 행복하다. 마찬가지로 자
기 스스로 불행하다고 생각하는 사람은 불행하다.

❼❶ 행복과 불행은 밖에서 주어진 것이 아니라, 내 스스로 만들고 찾아
야 한다.

❼❷ 행복은 이웃과 함께 누려야 하고 불행은 딛고 일어서야 한다. 하나
님이 지으신 우리는 마땅히 행복해야 한다.

❼❸ 매 순간 자기 영혼을 가꾸는 일에, 향기로운 꽃처럼 새롭게 피어나
는 습관을 들여야 한다.

❼❹ 사람은 언제 어디서 어떤 형태로 살든 그 속에서 샘물이 흐르고 향
기로운 꽃이 피어날 수 있어야 한다.

❼❺ 이 세상은 우리들의 필요를 위해서는 풍요롭지만, 탐욕을 위해서는

궁핍한 곳이다.(마하트마 간디)

❼❻ 주님께서 주신 모든 것들을 나누는 일을 이 다음으로 미루지 말라. 이 다음은 기약할 수 없는 시간이다.

❼❼ 말이 많은 사람은 생각이 밖으로 흩어져 여물 기회가 없다. 침묵의 미덕이 몸에 배야 한다.

❼❽ 내가 하려는 말이 나 자신에게도 이롭고 듣는 쪽에도 이롭고, 이 말을 전해 들을 제삼자에게도 이로운 말인가를 생각하라.

❼❾ 행복의 바탕은 풍부하게 소유하는 것이 아니라, 풍성하게 나누는 데 있는 것이다.

❽⓪ 이 세상에 태어날 때 빈손으로 왔으니 가난한들 무슨 손해가 있으며, 죽을 때 아무것도 가지고 갈 수 없으니 많이 소유한들 무슨 이익이 되겠는가!……

❽① 덜 갖고도 우리는 얼마든지 행복할 수 있고, 덜 갖고도 얼마든지 더 많이 존재할 수 있다.

❽② 소유와 소비 지향적인 삶의 방식에서 행복(나눔) 지향적인 생활 태도로 바뀌어야 한다.

❽③ 똑같은 조건을 두고 한쪽에서는 삶의 기쁨으로 받아들이고, 다른 한쪽에서는 근심 걱정의 원인으로 본다.

❽④ 부정적인 감정이나 미운 생각을 지니고 살아가면, 그 피해자는 누구도 아닌 바로 나 자신이다.

❽⑤ 남을 미워하면 저쪽이 미워지는 것이 아니라 내 마음이 미워진다.

남을 미워하지 말라.

❽❻ 인간관계를 통해 우리는 삶을 배우고 나 자신을 닦는다. 내 삶의 의미를 심화시켜 가라.

❽❼ 자신에게 어떤 걱정과 근심거리가 있다면 회피하지 말고, 그것을 딛고 일어서라.

❽❽ 세상살이에 어려움이 있다고 달아나서는 안 된다. 그 어려움을 통해 그걸 딛고 일어서라는 새로운 창의력, 의지력을 키우라는 주님의 소식으로 받아들이라.

❽❾ 별들이 우리에게 들려준 이야기를 남한테 전하려면 그것에 필요한 말이 우리 안에서 먼저 자라야 한다.

❾⓿ 귀 기울여 들을 줄 아는 사람은 그 말에 자기 존재를 발견한다. 그러나 자기 말만을 내세우는 사람은 자기 자신을 잊어버리기 일쑤다.

❾❶ 귀 기울여 듣는 것은 침묵을 익힌다는 말이다. 침묵은 자기 내면의 바다이다.

❾❷ 듣는다는 것은 바깥 것을 매개로 자기 안에 잠들어 있는 소리를 깨우는 일이다.

❾❸ 내 자신만이 내 삶을 만들어 가는 것이지 그 누구도 내 삶을 만들어 주지 않는다.

❾❹ 영원한 것이 이 세상에 어디 있는가! 모두가 한때일 뿐, 그러나 그 한때를 최선을 다해 최대한으로 살 수 있어야 한다. 삶은 놀라운 신비요, 아름다움이니까!……

❾❺ 내일을 걱정하고 불안해하는 것은 오늘을 제대로 살고 있지 않다는 증거이다. 오늘을 마음껏 살고 있다면 내일의 걱정 근심을 가불해 쓸 이유가 어디 있는가!……

❾❻ 물소리에 귀를 모으라. 그것은 우주의 맥박이고 세월이 흘러가는 소리이다. 우리가 살 만큼 살다가 갈 곳이 어디인가를 깨우쳐 주는 소리 없는 소리이다.

❾❼ 우리는 인형이 아니라 살아 움직이는 인간이다. 우리는 끌려가는 짐 승이 아니라 신념을 가지고 당당하게 살아야 할 하나님의 백성이다.

❾❽ 영적 탐구의 차원으로 심화됨이 없다면 깨우침은 결코 꽃피어 나지 않는다.

❾❾ 증오라는 원한의 칼로 남을 해치려고 한다면 그 칼이 자기 자신을 먼저 찌르지 않고는 맞은편에 닿을 수 없다.

❿❿ 위대한 것, 아름다운 것을 보며 기뻐하고 좋아하는 것은 나의 천상이다. 그리고 훌륭한 것과 접촉함으로써 이것을 키워 나가는 일은 다시없는 행복이다.(괴테)

희락

❶ 기도는 시인들의 노래처럼 우리의 진솔한 마음이 담긴 하나님과의 대화요 만남이다.

❷ 기도는 살아 있는 동안 가장 소중한 축복이다. 살아 있을 때 기도하라.

❸ 주일이 묵상의 날인 것은 노동이 없는 날, 은행과 사무실이 문을 닫는 날이어서가 아니라, 부활의 신비로 성스러운 날이기 때문이다.

❹ 주일날 분주한 활동과 일을 멈추는 것은 잘 쉬고 월요일을 다시 시작하기 위해서가 아니라, 주님께서 주시는 지각 안에서 뛰어난 평안의 만족을 맛보기 위해서다.

❺ 우리 인생의 최대의 영광은 한 번도 실패를 하지 않는 데 있는 것이 아니고, 넘어질 때마다 다시 일어나는 데에 있다.(고울드 스미드)

❻ 마음을 비우지 못하면 절대로 행복해질 수 없다. 주님의 은혜로 내 삶에 언제나 참평안이 넘치게 하라.

❼ 인생에서 반드시 필요한 일이라고 생각되면 지금 바로 시작하라. 문

제는 시작조차 하지 않는 것이다.

❽ 조금 다르게 사고하고 새로운 것을 흥미롭게 대하는 사람이 있다. 이런 유형의 사람과 함께하는 기회를 만들라.

❾ 인생의 목표를 세우지 않고 출발하면 진정한 성공을 향한 노력조차 해 보지 못한 채 삶을 허비하고 한탄하게 된다.

❿ 인생에 흥미를 갖게 해 주는 모든 것을 평생 배운다는 생각을 가져야 삶이 윤택해진다.

⓫ 인생을 살아가면서 어떤 난관을 만나도 멈추거나 피하지 않고 그 목표를 향해 갈 수 있는 원동력은 열정이다.

⓬ 인생에서 가장 큰 실패는 한 번도 진지하게 시도해 보지 않고 인생을 마감하는 것이다. 지금 당장 시도하라.

⓭ 모험을 두려워하는 삶은 희망이 없는 삶이다. 세상은 모험을 두려워하지 않고 위험을 감수하는 사람의 것이다.

⓮ 행복한 생각을 하면 행복해지고 슬픈 생각을 하면 슬퍼진다. 당신은 당신이 생각한 대로 될 것이다.

⓯ 매사에 자신에게 긍정적으로 말하고 긍정적인 생각을 하도록 스스로 훈련하라.

⓰ 꽃이 아름다운 것은 보는 이의 마음 안에 아름다움이 있기 때문이다.

⓱ 낙엽이 썩어야 거름이 되고 열매가 썩어야 그 씨가 퍼져 몇 십 배의 결실을 가져온다. 한 알의 밀알이 되라.

❶❽ 인생의 성공은 주어진 환경이 아니라 환경에 대한 사람의 태도가 결정한다.

❶❾ 기도와 믿음을 통해 하나님의 전능하심이 우리의 무능을 보충할 것이다.(H. 엘링슨)

❷⓿ 열심히 공부해서 무지와 차별 속에서 고통당하는 나의 동족에게 희망을 주는 사람이 되겠다.(조지 카바: 흑인 농학자이며 계몽가)

❷❶ 내가 못하는 열 가지를 보지 말고 내가 잘할 수 있는 한 가지에 집중하면 내가 될 수 있는 최고가 될 수 있다.

❷❷ 주님께서 주신 빛나는 달란트를 등불 삼아 주님의 위대한 영광을 위하여 성공으로 항해하라.

❷❸ 배려는 상대가 원하는 것을 주는 것이며, 배려는 받기 전에 주는 것이며, 배려는 날마다 노력해야 하는 것이다.

❷❹ 소망은 미래의 음악을 듣는 것이다. 믿음은 거기에 맞춰 춤추는 것이다.(루벰 알베즈)

❷❺ 번개가 치면 천둥이 따라오듯 은혜를 받으면 감사가 따라온다.(칼 바르트)

❷❻ 크고 대담한 미래에 도전하는 사람은 비전이 다르다. 비전으로 가슴을 뛰게 하라.

❷❼ 두드리면 열어 주시는 하나님, 구한 대로 응답하시는 하나님, 행한 대로 거두게 하시는 하나님 꿈꾼 대로 이루게 하시는 하나님께 인생을 맡겨라.

❷❽ 당신이 무언가를 간절히 원할 때 하나님은 당신의 소망이 실현되도록 도와주실 것이다.

❷❾ 단 하나의 긍정적인 꿈이 천 가지의 부정적인 현실보다 훨씬 더 중요하다.(애덜라인 옌 마)

❸⓿ 결코 피할 수 없는 운명이 있다면 이 땅을 떠나는 것이며 주님은 삶을 경영하는 권한을 우리 손에 맡기셨다.

❸❶ 남과 다르게, 어제와 다르게, 열정이 인생을 아름답게 한다. 내일을 열정으로 채워라.

❸❷ 하나님이 당신을 위해 놀라운 선물을 준비하고 계신다. 자리를 박차고 일어나 열정 속에서 매일 아침을 맞으라.

❸❸ 우리 속에서 용솟음치는 열정의 크기에 따라, 하나님이 행하시는 일의 크기도 달라진다.

❸❹ 하나님이 우리 인생의 틀어진 상황을 바로잡아 주신다. 우리의 악을 갚아 주시고 오히려 악을 복으로 바꿔 주신다.

❸❺ 우리는 선한 싸움을 싸우면서 점점 강해진다. 고난은 우리 등을 떠밀어 하나님이 정하신 목적지로 이끈다.

❸❻ 주님은 보이지 않는 곳에서 모든 조각을 맞추고 계신다. 우리가 보지 못하고 느끼지 못할 때 가장 크게 역사하신다.

❸❼ 삶은 하나의 모험이다, 그것을 시도하라. 삶은 행복이다, 그것의 주인이 되라. 삶은 생명이다, 그것을 보호하라.

❸❽ 비관론자는 매번 기회가 찾아와도 고난을 본다. 낙관론자는 매번 고

난이 찾아와도 기회를 본다.(처칠)

㊳ 베푸는 삶을 살라. 씨를 뿌리면 성장한다. 하나님이 주신 기쁨을 다른 사람과 나누라.(조엘 오스틴 목사님)

㊵ 오늘부터 최선의 삶을 살라. 하나님은 당신을 위해 어마어마한 복을 예비해 놓으셨다.(조엘 오스틴 목사님)

㊶ 인생에 정답은 없지만 현명한 답은 있다. 현명한 답을 많이 알면 알수록 삶이 유쾌해진다.

㊷ 우리가 비록 태어나고 죽는 것을 '선택'할 수는 없지만, 그 사이에 있는 모든 것들은 '선택'할 수 있다.

㊸ 친절은 내가 더 행복해지는 수고이다. 남을 행복하게 할 수 있는 사람만이 행복을 얻을 수 있다.

㊹ 열정과 헌신은 행운을 불러오지만, 반드시 이루겠다는 열정이 없다면 행운도 찾아오지 않는다.

㊺ 다윗은 절체절명의 순간에도 하나님을 신뢰했고, 사울은 신뢰하지 못했다. 이것이 명품 신앙과 짝퉁 신앙이다.

㊻ 민족의 선구자 도산 안창호, 백범 김구, 남강 이승훈, 우남 이승만, 월남 이상재, 고당 조만식, 모두가 하나님의 사람이다.

㊼ 열정은 그 어떤 멘토보다 강렬하다. 그것은 끊임없이 앞으로 나아가게 하는 에너지이자 격려와도 같다.

㊽ 새로운 시도를 할 기회가 왔을 때는 주저하지 말고 도전하라. 포기부터 하는 것은 실패보다 더 절망적인 것이다.

❹❾ 새로운 기회가 왔을 때 포기하면 열린 마음으로 새로운 경험을 받아들이고 성장할 기회를 스스로 잃고 말 것이다.

❺⓪ 견디기 힘든 일을 견뎌 내면 그 일을 떠올릴 때마다 유쾌해진다.(세네카)

❺① 따뜻한 말 한마디는 더불어 살아가는 이 사회에 나눔과 섬김의 씨앗을 뿌려 준다.

❺② 칭찬 한마디는 성실한 인생으로 자신의 재능에 감사하는 긍정적인 자아를 심어 준다.

❺③ 격려 한마디는 고난과 역경을 넘어서게 하는 힘을 주며, 나를 키워 준 한마디에는 인생의 가치가 담겨져 있다.

❺④ 좋은 사람은 우리 모두에게 행복을 주는 사람이다. 남에게 행복을 주는 크리스천이 되라.

❺⑤ 당신은 오늘 무엇을 배웠는가? 생의 마지막에 간절히 원하게 될 것, 그것을 지금 시도하라.

❺⑥ 고통에 대한 유일한 해답은, 우리의 의문부호 위에 찍혀진 또 하나의 부호, 하나님의 십자가뿐이다.

❺⑦ 가슴이 미어지도록 웃어삐리자! 이것이 '행복 철학'이다.(행복디자이너 최윤희)

❺⑧ 우리의 마음은 우리의 눈을 지배한다. 미래 사회에서 살아남기 위해선 사고의 틀을 바꿔야 한다.

❺⑨ 살고 사랑하고 웃으라. 이것이 우리가 이 땅에 존재하는 이유다. 지금

이 순간에 가슴 뛰는 삶을 살지 못한다면 우리는 아무것도 아니다.

❻⓿ 아무리 좋은 아이디어도 실행에 옮기지 않으면 무용지물이다. 출발하지 않으면 도착도 없다.

❻❶ 연탄재 함부로 발로 차지 마라. 너는 누구에게 한 번이라도 뜨거운 사람이었느냐.(시인 안도현)

❻❷ 보잘것없는 연탄이 뜨거운 사랑으로 빨갛게 달아오를 수 있다. 소외된 이웃을 사랑하라.

❻❸ 주님께서 주신 달란트를 숨겨두지 말라. 주님께서 주신 달란트는 쓰기 위해 주어진 것이다.(벤저민 프랭클린)

❻❹ 주님께서 주신 달란트를 최대한 활용하여 남에게 기쁨과 유익과 행복을 주는 행복의 바이러스에 감염되라.

❻❺ 위대한 성공은 평범한 성공 너머에 존재한다. 그곳에 이르는 길을 밝혀 줄 빛나는 등불이 바로 자신에게 주어진 달란트다.

❻❻ 사명을 따라 사는 삶이 진정 행복한 삶이다. 당신의 사명을 찾아 인생의 참된 기쁨을 만끽하라.

❻❼ 하루를 살아도 사명대로 사는 삶을 살라. 목숨이 아깝지 않은 사명을 발견하라.

❻❽ 정상을 향해 도전하는 사람만이 정상에 오를 수 있다. 도전하며 개척하라.(원 베네딕트 선교사님)

❻❾ 하나님의 모든 계획에는 십자가의 흔적이 있다. 그분의 모든 계획에는 자아에 대한 죽음이 포함 된다.(이엠 바운즈)

❼⓿ 타인에 대한 '뜨거운 관심과 사랑'은 나에게 더 큰 사랑으로 돌아온다.

❼❶ 성공한 사람은 기회를 마음에만 두지 않는다! 생각만 하고 행동하지 않으면 아무 일도 일어나지 않는다.

❼❷ 마음에 품지 않은 복은 절대 현실로 나타나지 않는다. 마음으로 믿지 않으면 좋은 일은 일어나지 않는다.

❼❸ 사람은 가고, 세월도 가 버리지만, 사랑은 누군가의 가슴에 남아 깃발처럼 펄럭인다.

❼❹ 다른 사람을 위한 배려는 바로 나 자신을 위한 배려다. 배려는 사소하지만 위대한 것이다.

❼❺ 남에게 베푼 '배려'는 행복과 성공으로 돌아온다. 다른 사람을 위한 배려는 나 자신을 위한 배려이기 때문이다.

❼❻ 남이 안 하려고 하는 것을 도전하고, 남이 안 하는 것을 창조하고, 남이 못 하는 것을 하는 용기가 필요하다.

❼❼ 내가 상대의 입장이 되어 생각한다면 우리에게 용서하지 못할 대상은 아무도 없다.(간석제일교회 장자옥 목사님)

❼❽ 부자가 되는 것도, 명예로운 사란이 되는 것도 중요하지만, 좋은 사람이 되는 것은 얼마나 귀한 일인가!……

❼❾ 내일은 새날이다. 과거의 불쾌함이 끼어들지 못하도록 상쾌하고 활기찬 기분으로 내일을 시작하라.

❽⓿ 복은 말로 표현되기 전까지는 복이 아니다. 당신의 인생과 가정, 친구와 미래에 대해 복을 선포하라.

㊱ 너는 내려놓으라, 내가 채워 주리라! 당신이 내려놓으면 그때부터 하나님이 움직이신다.

㉒ 남을 좋은 쪽으로 이끄는 사람은 사다리와 같다. 자신의 두 발은 땅에 있지만 머리는 벌써 높은 곳에 있다.

㉓ 하늘은 나의 생명을 가지고 있지만, 나의 인생은 내가 개척하고 내가 만들어 간다.(박찬호 선수)

㉔ 새벽에 일어나 기도하고 공부하고 운동하는데 좋은 일이 일어나지 않는다고 말하는 사람을 본 적이 없다.(앤드류 매터스)

㉕ 사랑만큼 사람을 변화시키고 사랑만큼 사람을 감동시키는 것은 없다.(하용조 목사님)

㉖ 인생은 짧고 마음을 기쁘게 해 줄 시간이 충분하지 못하니 사랑을 신속히 하고 친절하기를 서두르라.(아미엘)

㉗ 큰 사람일수록 장애물이 작게 보이고, 작은 사람일수록 장애물이 크게 보인다.(세론 듀몬)

㉘ 나는 네가 어떤 인생을 살든 너를 응원할 것이다. 두려워할 것은 두려움 그 자체이다.(앨런 맥팔레인)

㉙ 타인에게 '베푼' 작은 믿음이 돈으로도 갚을 수 없는 큰 재산이 될 것이다.

㉚ 사랑은 상대를 향한 끊임없는 열정을 말과 행동으로 표현하는 것이다.

㉛ 베푸는 행위는 보험에 드는 것과 비슷하다. 베푸는 일은 하나님의 은혜를 저장해 놓는 것과 같다.

❾❷ 노아, 아브라함, 이삭, 야곱 등 하나님의 사람들의 특징은 절대로 포기하지 않는 것이다.

❾❸ 나는 생각과 말의 힘을 발견한다. 생각을 바꾸면 세상을 바꿀 수 있다.(노먼 빈센트필)

❾❹ 누군가를 이기고 최고가 되어 있는 사람이 아니라, 최고가 되기 위해 최선을 다하는 사람이 바로 챔피언이다.

❾❺ 좋은 친구와 사귀어야 하지만, 먼저 나 스스로 좋은 친구가 되어야 한다는 것도 잊지 말아야 한다.

❾❻ 모든 것을 내 수준으로 하는 것이 아니라, 하나님을 의지해서 하는 것이 강력한 '비전'이다.

❾❼ 어떤 바보라도 사과 속의 씨는 헤아려 볼 수가 있다. 그러나 씨 속의 사과는 하나님만이 아신다.

❾❽ 강을 거슬러 헤엄치는 사람만이 그 물결의 세기를 알 수가 있다.(쇼펜하우어)

❾❾ 행복해지기 위해 마지막으로 무엇인가를 시도한 적이 언제였는가? 마지막으로 멀리 떠나 본 적이 언제였는가? 누군가를 진정으로 껴안아 본 적은? 비극은 인생이 너무 짧다는 것이 아니라, 정말 중요한 것이 무엇인가를 너무 늦게 깨닫는다는 것이다.

❿ 우리에게 별빛을 주신 은혜를 감사하면 하나님께서 우리에게 달빛을 주실 것이요, 우리에게 달빛을 주신 은혜를 감사하면 하나님께서 우리에게 햇빛을 주실 것이요, 우리에게 햇빛을 주신 은혜를 감사하

면 하나님께서 우리를 햇빛도 소용없는 좋은 곳으로 인도하여 주실
것이니, 거기에는 하나님의 영원하신 빛이 밤낮으로 비칠 것이다.
(스펄전 목사님)

부강

❶ 생각하는 것이 인생의 소금이라면 희망과 꿈은 인생의 사탕이다. 꿈이 없다면 인생은 쓰다.(리튼)

❷ 옳은 행동을 하고 남보다 먼저 모범을 보이는 것이 바로 교육이다.(순자)

❸ 인간이 현명해지는 것은 경험에 의한 것이 아니고, 그 경험에 대처하는 능력에 의해서다.(데카르트)

❹ 게으르고 나태한 사람은 죽음에 이르고, 애써 노력하는 사람은 죽는 법이 없다.

❺ 세상을 이끌어 가는 사람들은 자신이 원하는 환경을 찾아다니고, 찾을 수 없으면 그 환경을 만드는 사람들이다.(버나드 쇼)

❻ 숙고할 시간을 가져라. 그러나 일단 행동할 시간이 되면 생각을 멈추고 돌진하라.(보나파르트 나폴레옹)

❼ 습관이란 인간으로 하여금 어떤 일이든지 하게 만든다.(도스토예프스키)

❽ 안다는 것이 중요하다. 그러나 상상하는 것은 더 중요하다.(A. 프랑스)

❾ 얼굴을 높이 쳐들려고 하지 않는 젊은이는 발밑만 내려다보고 사는 사람이 될 것이다. 하늘 높이 비약하려고 하지 않는 정신 상태를 가진 사람은 땅바닥만 기어 다니는 운명을 면치 못할 것이다.(디즈레일리)

❿ 은혜를 감사로 받는 사람은, 그 빚의 일 회분을 갚은 셈이다.(세네카)

⓫ 모든 일은 망설이는 것보다, 불안전한 형태라도 시작하는 것이 한 걸음 앞서는 길이 된다.(서양 격언)

⓬ 진정으로 강한 사람은 치열하면서도 온화해야 한다. 또한 이상주의자면서 현실주의자여야 한다.(M. L. 킹)

⓭ 한 번도 바보 같은 짓을 하지 않고 살아가는 사람은 자신이 생각하는 만큼 현명하지 못하다.(라로슈푸코)

⓮ 우리가 실수를 변명하면 그 실수를 돋보이게 할 뿐이다.(셰익스피어)

⓯ 이미 흘러간 물로는 물레방아를 돌릴 수 없다. 과거에 어리석은 일을 했기로 그것 때문에 고민할 것은 없다. 그 고민으로 흘러간 물이 다시 오지는 않는다.(프랭클린)

⓰ 자기 자신의 마음속에서 싸움을 시작한 사람만이 가치 있는 사람이다.(브라우닝)

❶ 자기 자신을 희생하는 것만큼 행복한 일은 없다.(도스토예프스키)

❶ 자살은 살인의 최악의 형태이다. 참회의 기회를 남겨 놓지 않기 때문이다.(콜린즈)

❶ 행동이 빗나간 사람일수록 맨 먼저 남을 중상한다.(몰리에르)

❷ 고난이 있을 때마다 그것이 참된 인간이 되어 가는 과정임을 기억해야 한다.(괴테)

❷ 괴로운 일에 부딪혔을 때 우선 감사할 가치가 있는 것을 찾아서 그것에 충분히 감사하라. 그러면 마음에 평온함이 찾아오고 기분이 가라앉으며, 그 어려운 일도 견디기 쉽다.(쇼펜하우어)

❷ 눈물 젖은 빵을 먹어 보지 않은 사람은 인생의 참맛을 알지 못한다.(괴테)

❷ 남의 동정보다도 스스로 용기를 가져라. 운명은 늘 한탄하는 자에게 가혹하고, 용기 있는 자에게 길을 열어 준다.(루터)

❷ 사막이 아름다운 것은 어딘가에 샘을 숨기고 있기 때문이다.(생텍쥐페리)

❷ 어떤 사람은 슬픔을 딛고 일어서고, 어떤 사람은 슬픔 밑에 깔린다.(에머슨)

❷ 얼마나 깊이 괴로움을 겪는가에 따라 그 사람의 훌륭함이 결정된다.(니체)

❷ 오르지 괴로움에서 피하려고만 한다면 그것은 우리의 영혼을 위태롭게 할 것이다.(루터)

❷❽ 육체의 고통은 인간의 생활과 행복에 있어 불가결의 조건이다.(톨스토이)

❷❾ 인간은 사회에서 사물을 배울 수가 있을 것이다. 그러나 영감을 받는 것은 고독에서만 가능하다.(괴테)

❸⓪ 최후의 심판을 기다리며 방황할 필요는 없다. 그것은 날마다 일어나고 있다.(카뮈)

❸❶ 커다란 슬픔은 슬퍼하는 자를 변모시킨다. 그것은 신성하고도 백열하는 광채이다.(위고)

❸❷ 큰 고통은 머지않아 사라지고 오랫동안 계속되는 고통은 그다지 크지 않다.(에피쿠로스)

❸❸ 폭풍은 참나무의 뿌리를 더욱 깊게 한다.(허버드)

❸❹ 한 번 실패와 영원한 실패를 혼동하지 말라.(피츠제럴드)

❸❺ 논쟁에는 귀를 기울여라. 그러나 논쟁에는 끼어들지 말라. 아무리 작은 말에도 노여움이나 격정이 일어난다는 것을 경계하라.(고리키)

❸❻ 분노는 바보들의 가슴속에서만 살아간다.(아인슈타인)

❸❼ 분노하고 있는 사람의 행동은 모두 그 사람의 약점과 어리석음을 표시하고 있는 것이다.(세네카)

❸❽ 화가 치밀 때는 열까지 세어 보아라. 그래도 가라앉지 않을 때에는 백까지 세어 보아라.(제퍼슨)

❸❾ 많은 불행은, 난처한 일과 말하지 않은 채로 남겨진 일 때문에 생긴다.(도스토예프스키)

❹⓪ 불행은 때때로 유익한 자극제가 될 수 있다. 우리는 자신을 위하여 불행을 이용할 수 있다.(발자크)

❹❶ 불행은 진정한 친구가 아닌 자를 가려준다.(아리스토텔레스)

❹❷ 삶에 대한 절망 없이 삶에 대한 사랑은 있을 수 없다.(카뮈)

❹❸ 슬퍼하는 자여, 마음을 가라앉히고 탄식을 거두어라. 언제나 구름 뒤에는 태양이 빛나고 있을지니…… (롱펠로)

❹❹ 아무리 현명한 사람도 미리 불행을 막을 수는 없다. 그러나 그 불행을 밟고 일어나 새로운 길을 발견할 수는 있다.(발자크)

❹❺ 인간에 대한 가장 나쁜 죄는 인간을 미워하는 것이 아니라 무관심한 것이다.(버나드 쇼)

❹❻ 자신의 불행을 생각하지 않게 되는 가장 좋은 방법은, 일에 몰두하는 것이다.(베토벤)

❹❼ 하나님은 우리들의 지혜를 높여 주신다. 하나님은 어떻게 우리의 지혜를 높여주시는가? 바로 슬픔에 의해서다.(고골리)

❹❽ 거짓말은 그 자체가 죄일 뿐만 아니라, 정신까지도 더럽힌다.(플라톤)

❹❾ 거짓말쟁이에게 주어지는 최대의 벌은, 그가 진실을 말했을 때에도 사람들이 믿지 않는 것이다.(탈무드)

❺⓪ 다른 사람을 가르치기보다 우리 자신을 향상시킨다면 이 세상에 악은 줄어들 것이고, 모든 사람들이 더 나은 생활을 하게 될 것이다. (톨스토이)

❺❶ 우리가 날씨를 변화시키고 구름을 없애지 못하는 것처럼 이 세상의

악을 멸절시키는 것은 불가능하다.(톨스토이)

❷ 인생에서 무엇보다 어려운 것은 거짓말을 하지 않고 사는 것이다.
(도스토예프스키)

❸ 작은 구멍이 배를 침몰시키고, 죄 하나가 사람을 파멸시킨다.(번연)

❹ 증오는 그것을 품은 자에게 다시 돌아간다.(베토벤)

❺ 증오는 마음속에서 나오고, 경멸은 머릿속에서 나온다.(쇼펜하우어)

❻ 그대에게 죄를 지은 사람이 있거든, 그가 누구든 그것을 잊어버리고
용서하라. 그때에 그대는 용서한다는 행복을 알 것이다. 우리에게
남을 책망할 수 있는 권리는 없다.(톨스토이)

❼ 관용이란 무엇인가? 그것은 인간애의 소유다. 우리는 모두 약함과
과오로 만들어져 있다. 우리는 어리석음을 서로 용서한다. 이것이
자연의 제일 법칙이다.(볼테르)

❽ 복수를 할 때 인간은 그 원수와 같은 수준이 된다. 그러나 용서할
때 그는 원수보다 위에 있다.(베이컨)

❾ 용서하는 자는 바보가 아니다. 바보는 용서할 줄 모르는 사람이다.
(증광현문)

❿ 강한 인간이 되고 싶으면 물과 같이 행동하라.(노자)

⓫ 겸손도 지나치면 교만이 된다.(영국의 격언)

⓬ 결점이 많다는 것은 나쁜 것이지만 그것을 인정하지 않는 것은 더
나쁘다.(파스칼)

⓭ 겸손한 사람은 모든 사람으로부터 호감을 산다.(톨스토이)

❻❹ 고귀하게 해 주는 것은 정신이지 가문이 아니다.(독일 격언)

❻❺ 그릇이 차면 넘치고, 사람이 자만하면 이지러진다.(명심보감)

❻❻ 남에게 손가락질할 때마다 세 개 손가락은 항상 자신을 가리키게 된다.(좋은 생각)

❻❼ 당신은 항상 영웅이 될 수 없다. 그러나 당신은 항상 좋은 사람은 될 수 있다.(괴테)

❻❽ 마음이 좁은 사람은 생각이 극단으로 흐른다.(달라이 라마)

❻❾ 무엇을 보고 웃는가에 따라서 그 사람의 인격을 알 수 있다.(파뇰)

❼⓿ 무인도에서 신사로 행동할 수 있는 사람이 참된 사람이다.(에머슨)

❼❶ 성공한 사람이 되려 하지 말고 가치 있는 사람이 되려고 하라.(아인슈타인)

❼❷ 오만한 사람은 성장하지 못한다. 엄격한 충고를 달가워하지 않기 때문이다.(카네기)

❼❸ 유리하다고 교만하지 말고, 불리하다고 비굴하지 말라.(도종환)

❼❹ 이름이 무슨 소용이야! 장미꽃은 달리 불러도 같은 향기가 나지 않는가…… (셰익스피어)

❼❺ 너무 아첨을 하지 않도록 조심할 필요가 있다. 다른 점에서 아무리 유능하다고 해도 너무 아첨이 심하면 그로 인해 오히려 다른 장점까지 마이너스가 되고 만다.(베이컨)

❼❻ 인간의 가치는 얼마나 사랑받았느냐가 아니라, 얼마나 사랑을 베풀었느냐에 달려 있다.(에픽테토스)

❼❼ 인격은 공상으로 형성되는 것이 아니라 망치를 들고 틀에 넣어 다져 만들어지는 것이다.(웰링턴)

❼❽ 자기와 남의 인격을 수단으로 삼지 말고, 항상 목적으로 대우해야 한다.(칸트)

❼❾ 자기 하인에게 존경받는 사람은 드물다.(몽테뉴)

❽⓪ 자만심은 인간이 갖고 태어난 병이다. 모든 피조물 중에서 가장 비참하고 나약한 것은 인간이며 동시에 가장 교만하다.(몽테뉴)

❽① 참된 용기는 제3의 목격자가 없을 때 나타난다.(라로슈푸코)

❽② 칭찬을 받을 때가 아니고 꾸지람을 들었을 때 겸양함을 잃지 않는 사람이야말로 겸손한 사람이다.(파울)

❽③ 한 장소에서 불만을 내뱉는 사람이 다른 장소에 가서 긍정적인 말을 꺼낸다는 것은 말도 안 된다.(이솝)

❽④ 허영심은 사람을 말이 많게 하고, 자존심은 침묵하게 한다.(쇼펜하우어)

❽⑤ 명성은 젊은이에게 광채를 주고, 노인에게는 위엄을 준다.(에머슨)

❽⑥ 옷은 새것일 때부터, 명예는 젊었을 때부터 소중히 하라.(푸슈킨)

❽⑦ 자랑스럽게 사는 것이 더 이상 가능하지 않을 때 사람은 자랑스럽게 죽어야 한다.(니체)

❽⑧ 자존심은 어리석은 자의 소유물이다.(헤도로토스)

❽⑨ 자존심은 항상 타인의 감탄에 의해서 강화된다.(드바이크)

❾❶ 가장 힘든 일은 꾸준히 해내는 것이다.(박찬호)

❾❶ 네 마음의 뜰에 인내를 심으라. 그 뿌리는 쓰지만 그 열매는 달다.
(오스틴)

❾❷ 무슨 일이고 참을 수 있는 사람은 무슨 일이고 실행할 수 있다.(보
르나르그)

❾❸ 바람이 불지 않으면 노를 저어라.(처칠)

❾❹ 비록 환경이 어렵고 괴롭더라도 항상 마음의 눈을 넓게 뜨고 있어
라.(명심보감)

❾❺ 세상은 그대의 의지에 따라 모습이 변한다. 동일한 상황에서도 어떤
사람은 절망하고, 어떤 사람은 여유 있는 마음으로 행복을 즐긴다.
(그라시안)

❾❻ 인내는 일을 지탱하는 하나의 자본이다.(발자크)

❾❼ 인내는 모든 덕 중에서 가장 아름답고 가장 귀하고 가장 기쁜 것이
다.(이탈리아 속담)

❾❽ 수치심은 모든 사람들이 지녀야 할 미덕 중 하나다. 그러나 때로는
수치심을 물리쳐야 하는 의지와, 반대로 그것을 상실하지 않는 능력
도 갖고 있지 않으면 안 된다.(몽테스키외)

❾❾ 인내의 밭에다 내가 고통을 심었더니 그것은 행복의 열매를 맺었
다.(칼 지브란)

❿ 그런즉 우리는 거하든지 떠나든지 주를 기쁘시게 하는 자 되기를
힘쓰노라.(고린도후서 5장 9절)

강풍

❶ 좋은 얼굴이 추천장이라면, 좋은 마음은 신용장이다.(B. 리튼)

❷ 천재는 적어도 두 가지 미덕을 겸비해야만 비로소 천재다. 그 두 가지는 감사하는 마음과 순결함이다.(F. 니체)

❸ 계속해서 전진하라. 당신 자신에 대한 확신으로 더 힘을 내서 하려고 한다면, 당신이 선택하는 일은 무엇이든지 할 수 있다.(오프라 윈프리)

❹ 사람은 명예와 지위의 즐거움은 알지만, 이름 없고 평범하게 지내는 참다운 즐거움은 알지 못한다.(채근담)

❺ 깊은 강물은 돌을 던져도 흐려지지 않는다. 모욕을 받고 이내 발칵하는 인간은 조그마한 웅덩이에 불과하다.(톨스토이)

❻ 머리 좋은 사람은 노력하는 사람을 따라잡을 수 없다. 그러나 아무

리 노력하는 사람도 즐기는 사람을 따라잡지는 못한다.(코미디언 김
형곤)

❼ 명랑한 기분으로 생활하는 것이 육체와 정신을 위한 가장 좋은 방
법이다. 값비싼 보약보다 명랑한 기분은 언제나 변하지 않는 약효를
지니고 있다.(샌드버그)

❽ 사람이 특정한 감정 표현을 흉내 내면 몸도 거기에 따라 생리적 유
형을 띤다. 그러므로 일부러라도 웃는 것이 건강에 도움이 된다.(에
크만)

❾ 아름다움은 어디에나 있다. 우리 눈이 그것을 알아보지 못할 뿐이
다.(로댕)

❿ 자연을 보라. 그리고 자연을 배우라. 자연은 끊임없이 자신을 단련
한다.(루소)

⓫ 외모의 아름다움은 눈만을 즐겁게 하나 상냥한 태도는 영혼을 매료
시킨다.(볼테르)

⓬ 자신의 매력을 발전시켜 남의 마음을 사로잡는 데 활용하라. 부자나
잘생긴 사람을 대체할 수 있는 것은 얼마든지 있다.(그라시안)

⓭ 자연 속에서도 어떠한 아름다움을 발견하지 못하는 사람은, 그 마음
에 결함이 있는 것이다.(실러)

⓮ "건강을 위해 산다."고 함은 대체로 값어치 없는 인생의 목적이다.
"우리들은 도대체 무엇 때문에 그토록 건강을 소중히 여기는 것일
까?" 하고 반문해 보지 않으면 안 된다.(힐티)

❶❺ 하나의 모래알에서 하나의 세계를 보고, 한 줄기 들꽃에서 천국을 본다.(블레이크)

❶❻ 건강을 유지한다는 것은 자신에 대한 의무이자 사회에 대한 의무이기도 하다.(프랭클린)

❶❼ 참된 아름다움은 참된 지혜와 마찬가지로 대단히 간단명료해서 누구나 알기 쉽다.(고리키)

❶❽ 건강한 몸은 정신의 전당이고, 병든 몸은 정신의 감옥이다.(베이컨)

❶❾ 마음이 산란하면 병이 생기고, 마음이 안정되면 있던 병도 저절로 낫는다.(허준)

❷⓪ 모든 병은 정신 수양과 섭생으로 고쳐야 한다. 약을 먹고 침을 맞는 등의 의술 행위는 그 다음이다.(허준)

❷❶ 몸과 마음이 건강한 사람에게 나쁜 일기란 없다. 하늘이 맑게 개든 어둡게 꾸물거리든 모두 그 나름대로 아름다움을 갖고 있다.(기싱)

❷❷ 무엇이 이익이 되고 무엇이 해독이 되는지를 깨닫는 것이, 건강을 유지하는 최상의 물리학이다.(베이컨)

❷❸ 식사, 수면, 운동 시간에 아무것도 생각하지 않고 쾌활한 것이 최고의 장수법이다.(베이컨)

❷❹ 원래 인간은 스스로 병을 치료하는 힘을 갖고 있다. 의사는 그 힘을 충분히 발휘할 수 있도록 도와주기만 하면 된다.(히포크라테스)

❷❺ 음식을 조절하고 절도 있는 생활을 하면 질병이 범접하지 못한다. (동의보감)

㉖ 의사를 부르기 전에 휴식, 즐거움, 절제 이 셋을 의사로 삼아라.(서양 격언)

㉗ 일찍 자고 일찍 일어나는 것은 건강, 부, 지혜를 낳는다.(프랭클린)

㉘ 자연에는 아홉 명의 전문의가 있는데, 건강을 유지하려면 누구나 다 이 아홉 명의 전문의들과 친해야 한다. 그 아홉 명이란 햇빛, 신선한 공기, 깨끗한 물, 자연식품, 단식, 운동, 휴식, 바른 자세, 정신이다.(무라카미 하루키)

㉙ 허리띠에 구멍이 하나 늘어나면 수명이 5년 이상 줄어든다. 체중이 10% 늘어나면 사망률이 남자는 11%, 여자는 7% 증가된다.(황수관 박사)

㉚ 혼자서 하룻밤 잘 자는 것이 천 날 동안 약 먹는 것보다 건강에 낫다.(유수요결)

㉛ 가장 큰 행복은 유한한 생명체가 무한한 생명의 근원에로 돌아가 절대자의 신성에 접근할 때다.(도스토예프스키)

㉜ 가정에서 행복해질 수 없는 여자, 그러한 주부는 어디를 가도 행복할 수 없다.(톨스토이)

㉝ 기도는 하늘의 축복을 받고, 육체노동과 정신노동은 세상에서 축복을 파낸다. 기도는 하늘에 차고, 육체노동과 정신노동은 세상에 차니, 이 둘이 당신의 집에 행복을 실어다 준다.(몽테뉴)

㉞ 남을 행복하게 할 수 있는 자만이 행복을 얻는다.(플라톤)

㉟ 사람들은 자기가 행복하기를 바라기보다 남에게 행복하게 보이기를

원한다. 남에게 행복하게 보이려는 허영심 때문에 자기 앞에 있는 진짜 행복을 놓치는 수가 참으로 많다.(라로슈푸코)

㊱ 사람은 누구나 자기가 마음먹은 만큼만 행복하다.(링컨 대통령)

㊲ 얼마나 행복하게 될 것인지는 누구나 자기 결심에 달려 있다.(링컨 대통령)

㊳ 우리는 익숙해진 생활에서 쫓겨나면 절망하지만, 실제로는 거기서 새롭고 좋은 일이 시작된다. 생명이 있는 동안 행복은 있다.(톨스토이)

㊴ 인간은 역경의 뼈저림을 겪기 전까지는 행복에 대해서 무신경하다. (서양 격언)

㊵ 인생의 거의 모든 불행은 자기에 관한 일을 잘못 생각해서 생긴다. 일을 건전하게 판단하는 것이 행복의 첫걸음이다.(스탕달)

㊶ 자기 일에 몰두할 수 있는 사람이 이 세상에서 가장 행복한 사람이다.(힐티)

㊷ 잘 지낸 하루가 행복한 잠을 이루게 하는 것처럼 잘 보낸 인생은 행복한 최후를 가져온다.(다빈치)

㊸ 정신은 때때로 깨끗이 씻고 새로 고칠 필요가 있다. 망각 없이는 행복이 있을 수 없다.(모루아)

㊹ 지배하거나 복종하지 않으면서 무엇인가 하고 있는 사람만이 진정 행복한 사람이다.(괴테)

㊺ 최상의 행복은 일 년을 마무리할 때 신년 초보다 더 나아졌다고 느

끼는 것이다.(톨스토이)

❹❻ 행복은 대개 현재와 관련이 있다. 목적지에 닿아야 비로소 행복해
지는 것이 아니라, 여행하는 과정에서 행복을 느끼기 때문이다.(매
튜스)

❹❼ 행복은 두 손 안에 꽉 잡고 있을 때는 항상 작아 보인다. 그것을 풀
어준 후에야 비로소 그 행복이 얼마나 크고 귀중했던지 알 수 있
다.(고리키)

❹❽ 행복은 쫓아가 구할 물건이 아니다. 늘 즐거운 표정과 웃음을 띠고
있음으로써 복이 들어오는 근본으로 삼아야 한다.(채근담)

❹❾ 행복을 만들지 않고 쓰기만 하는 것은 돈을 벌지 않고 쓰기만 하는
것과 같다.(버나드 쇼)

❺⓿ 행복을 밖에서 구하는 것은 지혜를 남의 머릿속에서 구하는 것보다
더 헛된 일이다. 참다운 행복은 자기 마음속에 있다.(마테를링크)

❺❶ 행복의 원칙은 첫째, 어떤 일을 할 것, 둘째, 어떤 사람을 사랑할
것, 셋째, 어떤 일에 희망을 가질 것이다.(칸트)

❺❷ 행운은 마음의 준비가 되어 있는 사람에게만 미소를 짓는다.(파스
퇴르)

❺❸ 나는 나의 스승으로부터 많은 것을 배웠다. 그러나 그 이상의 것을
나는 내 친구로부터 배웠다. 더욱 그 이상의 것은 나의 제자로부터
배웠다.(탈무드)

❺❹ 나는 언제나 새로운 그 무엇인가를 배우려고 힘썼다. 이 배우는 즐

거움 때문에 매일 새로운 보람을 느끼곤 했다.(카네기)

❺❺ 물에서 배우라. 물은 생명의 소리, 존재하는 것의 소리, 영원히 생성하는 것의 소리이다.(헤세)

❺❻ 배우기만 하고 생각하지 않으면 어두우며, 생각하기만 하고 배우지 않으면 위태하다.(논어)

❺❼ 식욕 없이 먹는 일이 건강에 해로운 것처럼, 욕망 없는 공부는 기억을 해치고, 기억한 것을 보존하지 못한다.(다빈치)

❺❽ 아무것도 모르는 것이 수치가 아니라 아무것도 배우려 하지 않는 것이 수치다.(소크라테스)

❺❾ 양배추에서만 사는 벌레는 양배추가 이 세상의 모두라고 생각한다. (탈무드)

❻⓪ 엉터리로 배운 사람은 아무것도 모르는 사람보다 훨씬 더 어리석다.(프랭클린)

❻① 오늘의 나는 어제까지의 내가 만들었다.(박찬호 선수)

❻② 지식에 투자하는 것이 가장 이윤이 높다.(프랭클린)

❻③ 촛불이 빛을 내려면 스스로 불타야 한다.(김수환 추기경)

❻④ 현명한 사람은 모든 것을 자신의 내부에서 찾고, 어리석은 사람은 모든 것을 타인들 속에서 찾는다.(공자)

❻⑤ 가장 싼 값으로 가장 오랫동안 즐거움을 누릴 수 있는 것, 그것은 바로 책이다.(몽테뉴)

❻❻ 독서를 즐기는 것은 권태로운 시간을 환희의 시간으로 바꾸는 일이다.(몽테스키외)

❻❼ 반대하거나 논쟁하기 위해 독서하지 말라. 내용을 그대로 믿거나 화술의 밑천으로 삼기 위해 독서하지 말라. 다만 생각하고 생활하기 위해 읽어라.(베이컨)

❻❽ 읽은 책의 내용을 하나도 잊지 않으려고 드는 것은, 먹은 음식을 몸 안에 고스란 간수하려는 것과 다름없다.(쇼펜하우어)

❻❾ 좋은 책을 읽는다는 것은 과거의 가장 훌륭한 사람들과 대화하는 것이다.(데카르트)

❼❶ 책보다 인간을 먼저 공부하는 것이 더 필요하다.(라로슈푸코)

❼❶ 책 없는 방은 영혼 없는 육차 같다.(키케로)

❼❷ 책을 가볍게 생각해서는 안 된다. 지금까지의 세계 전체가 결국은 책으로 지배되어 왔기 때문이다.(볼테르)

❼❸ 책 읽는 민족은 번영하고, 책 읽는 국민은 발전한다.(안병욱 교수)

❼❹ 처음에 책을 읽을 때는 한 친구를 만난 것이고, 두 번째 읽을 때는 옛 친구를 만난 것이다.(중국 격언)

❼❺ 평온한 바다는 결코 유능한 뱃사람을 만들 수 없다.(영국 속담)

❼❻ 타인의 자아에 끊임없이 귀 기울여야 하는 것, 이것이 참된 독서이다.(니체)

❼❼ 한 권의 좋은 책은 위대한 정신의 귀중한 활력소이고, 삶을 초월하

여 보존하려고 방부처리해 둔 보물이다.(밀턴)

❼❽ 남을 아는 사람은 지혜로운 사람이지만 자기 자신을 아는 사람은 더욱 명철한 사람이다. 남을 이기는 사람은 힘이 있는 사람이지만 자신을 이기는 사람은 강한 사람이다.(노자)

❼❾ 모르는 것을 모른다고 하는 것, 이것이 아는 것이다.(논어)

❽⓿ 무지함을 두려워 말고, 거짓 지식을 두려워하라.(파스칼)

❽❶ 사람이 깊은 지혜를 갖고 있으면 있을수록 자신의 생각을 나타내는 그의 말은 더욱더 단순하게 되는 것이다.(톨스토이)

❽❷ 세상은 아름다운 것으로 가득 차 있다. 그러나 그것을 보는 사람, 즉 눈만이 아니라 지혜로 그것을 보는 사람은 참으로 드물다.(로댕)

❽❸ 지성인은 자기의 마음으로 자기 자신을 망보는 사람이다.(카뮈)

❽❹ 지식욕은 보편적인 것으로 향할 때는 학구심이 되고, 개별적인 것으로 향할 때는 호기심이 된다.(쇼펜하우어)

❽❺ 지식은 나눌 수 있지만, 지혜는 나눌 수 없다.(헤세)

❽❻ 지식조차도 시대에 맞는 것이어야 한다. 그렇지 않으면 지식이 있어도 무지한 자가 된다.(그라시안)

❽❼ 지혜의 문은 결코 닫혀 있지 않다.(프랭클린)

❽❽ 진정한 지혜는 모든 것에 대한 지식이 아니라 살아가는 데 가장 필요한 지식과 불필요한 지식, 그리고 알 필요가 없는 지식을 구별하는 것이다.(톨스토이)

(89) 참된 지혜는 항상 인간을 침착하게 하고 바른 조화를 기초로 사물을 관찰하게 한다.(린위탕)

(90) 하나의 일을 경험하지 않으면 하나의 지혜가 자라지 않는다.(명심보감)

(91) 가르칠 기회가 주어진다면 언제든지 수락하라. 가르칠 기회는 스스로 배울 기회이자, 다른 이를 이끌어 갈 기회이다.(폭스)

(92) 가장 오래 산 사람은 나이가 많은 사람이 아니라, 많은 경험을 한 사람이다.(루소)

(93) 교사의 중요한 사명은 모든 의미를 밝혀 주는 데 있는 것이 아니고, 정신의 문을 두드려 주는 것이다.(타고르)

(94) 교육의 목적은 기계를 만드는 것이 아니라, 인간을 만드는 것이다.(루소)

(95) 교육이란 알지 못하는 바를 알도록 가르치는 게 아니라, 사람들이 행동하지 않을 때 행동하도록 가르치는 것을 말한다.(트웨인)

(96) 나는 내 발걸음을 이끌어 주는 유일한 등불을 알고 있다. 그것은 경험이라는 등불이다.(헨리)

(97) 사람을 가르칠 수는 없다. 다만 스스로 깨닫게 하는 데 도움을 주는 데 지나지 않는다.(갈릴레이)

(98) 여행이란 젊은이에게는 교육의 일부이며, 연장자들에겐 경험의 일부이다.(베이컨)

(99) 혼신의 노력은 결코 배반당하지 않는다. 평범한 노력은 노력이 아니

다.(이승엽 야구선수)

❿ 깨어 믿음에 굳게 서서 남자답게 강건하여라 너희 모든 일을 사랑으로 행하라.(고린도전서 16장 13~14절)

희생

❶ 성공은 밤낮없이 거듭되는 작고도 작은 노력들이 한데 모인 결과이다.(풀러)

❷ 성공과 실패의 차이는 실천하느냐 안 하느냐의 차이다.(김진현 전 장관)

❸ 가장 중요한 상품은 바로 자신이다.(실러)

❹ 나 자신을 스스로 용서할 수 없는 최대의 실수가 있다면 그것은 어느 날부터 나만의 개성을 끈질기게 추구하는 일을 그만두었다는 것이다.(와일드)

❺ 나는 오늘 비로소 모든 괴로움에서 벗어났다. 아니 내가 모든 괴로움을 내몰아 버렸다. 그것은 외부에 있는 것이 아니라 나의 내부에 그리고 나의 생각 속에 있기 때문이다.(마르쿠스 아우렐리우스)

❻ 너 자신을 최대로 활용하라. 그것이 너에게 주어진 전부다.(에머슨)

❼ 누군가를 정복할 수 있는 사람은 강한 사람이지만, 자신을 정복할 수 있는 사람은 강력한 사람이다.(노자)

❽ 다른 사람들을 비난하려고 생각하기 전에 자기 자신을 충분히 보살

펴야 한다.(몰리에르)

❾ 들판 위로 내리는 비가 산 위로 나타나는 구름과 다르듯이, 어떤 사람이 노출시키는 면은 그가 감추고 있는 면과 다르다.(칼 지브란)

❿ 만일 내 무지의 원인이 무엇인지를 안다면 나는 현인이 되었을 것이다.(칼 지브란)

⓫ 사람은 누구나 자신의 시야 한계를 세계의 한계로 간주한다.(쇼펜하우어)

⓬ 사람이 인생에서 이루어야 할 주요 과제는 자기 자신을 다시 태어나게 하는 것이다.(프롬)

⓭ 신과 악마가 싸우고 있다. 그 싸움터가 인간의 마음이다.(도스토예프스키)

⓮ 우리가 너무 자기 자신을 의식하면, 다른 사람들이 민망해 한다. 그리고 결국은 우리에게서 떨어져 나갈 것이다. 우리는 스스로 자신을 농담거리로 삼을 수 있어야 한다.(매튜스)

⓯ 의를 보고 행하지 않는 것은 용기가 없는 것이다.(논어)

⓰ 이상은 우리 자신 안에 있다. 동시에 그것을 성취하는 데 대한 온갖 장애도 또한 우리 자신 안에 있다.(칼라일)

⓱ 인간에게는 항상 두 가지 소리가 있다. 하나는 마음에서 나오는 소리고, 다른 하나는 육체에서 나오는 소리이다. 양심은 마음의 소리이고, 정욕은 육체의 소리다.(루소)

⓲ 인간은 어쩌면 우주를 알지 모른다. 그러나 자기 자신은 모른다. 자

기 자신은 어느 별보다도 멀다.(체스터턴)

⓲ 인간은 이성을 가진 피조물이다. 그런데 왜 인간은 사회생활을 이성이 아닌 폭력으로 하려는 걸까? (톨스토이)

⓳ 인간은 하나의 갈대에 불과하다. 자연 중에서도 가장 약한 존재이다. 그러나 인간은 생각하는 갈대이다.(파스칼)

㉑ 인간을 만드는 것이 이성이라면, 인간을 이끌어 가는 것은 감정이다.(루소)

㉒ 자기 자신의 사상을 믿고, 자신의 진실한 것을 믿고, 자기의 마음으로 만인의 진실을 믿는 자, 이 사람이 천재다.(에디슨)

㉓ 자신감 있는 표정을 지으면 자신감이 생긴다.(다윈)

㉔ 자신감은 성공의 첫째 비결이다.(에머슨)

㉕ 자신을 사랑한다면, 스스로를 사랑하듯 다른 사람도 사랑하게 된다. 만일 자신을 사랑하면서 남을 사랑하지 않는다면, 진정한 의미에서 자신을 사랑하는 데도 실패할 것이다.(에크하르트)

㉖ 자신이 강함을 추구한다면, 강하다는 것을 보여야 한다.(최배달)

㉗ 자신이 특별한 인재라는 자신감만큼 그 사람에게 유익하고 유일한 것은 없다.(데일 카네기)

㉘ 저는 늘 긍정적으로 생각합니다. 늘 부정적인 사람도 있어요. 왜 슬퍼하죠. 전 뭘 하든 즐기면서 살아요. 그렇게 살아야 하지 않나요? (하인스 워드)

㉙ 태어난 다음 어떤 행동을 하는가에 따라 자신의 진로가 결정된다.

인간은 스스로 자기를 열등하게도 만들고 고상하게도 만든다.

㉚ 하나님을 변화시키기 위해서가 아니라, 자신을 변화시키기 위해서 기도하라.(키르케고르)

㉛ 하나님이 자기를 만드셨기 때문에 자기는 가치 있는 사람이라고 확신하는 사람을 비참한 사람으로 만들기는 어렵다.(링컨)

㉜ 기회가 오지 않을 때에는 스스로 기회를 만들라.(스마일즈)

㉝ 나는 계속 배우면서 갖추어 간다. 언젠가는 나에게도 기회가 올 것이다.(링컨)

㉞ 늦게 일어난 사람은 종일 총총걸음을 걸어야 한다.(프랭클린)

㉟ 승자는 눈을 밟아 길을 만들지만, 패자는 눈이 녹기만을 기다린다. (탈무드)

㊱ 시종일관하는 자는 노력을 믿고, 변덕을 부리는 자는 요행을 믿는다.(디즈레일리)

㊲ 실직자가 재취업하는 데 있어서는 눈높이를 낮추지 않으면 실패하기 쉽다.(크루그만)

㊳ 우리가 가진 것은 현재뿐이다. 만일 이 순간을 잃어버린다면, 인생을 잃는 것이나 마찬가지다.

㊴ 이력서는 취업문을 여는 첫 열쇠다. 기업의 욕구를 충족시키지 못하는 평범한 이력서보다 더 빨리 취업 기회를 박탈당하는 요인은 없다.(엘리스 헤밍)

㊵ 전임자와 어깨를 나란히 하려면, 두 배로 일을 해야 한다.(그라시안)

❹❶ 큰일에 착수할 경우에는 기회를 만들어 내는 것보다도 눈앞에 온 기회를 이용하려고 힘써야 한다.(라로슈푸코)

❹❷ 현명한 사람은 기회를 찾지 않고, 기회를 창조한다.(베이컨)

❹❸ 꿈을 계속 가지고 있으면 언젠가는 반드시 실현된다.(괴테)

❹❹ 꿈을 꿀 수 있다면, 그것을 할 수 있다.(디즈니)

❹❺ 꿈을 날짜와 함께 적어 놓으면 그것은 목표가 되고, 목표를 잘게 나누면 그것은 계획이 되고, 그 계획을 실행에 옮기면 꿈은 실현된다.(레이드)

❹❻ 내 비장의 무기는 아직 손 안에 있다. 그것은 희망이다.(보나파르트 나폴레옹)

❹❼ 내일 무엇을 해야 할지 모르는 사람은 불행하다.(고리키)

❹❽ 먼저 꿈을 갖지 않으면 아무 일도 일어나지 않는다.(샌드버그)

❹❾ 세상을 바꿀 수 있는 것 중 두 가지는, 나 자신과 나의 미래다.(논어)

❺⓪ 안 된다는 부정적인 사고가 슬럼프를 부른다.(박찬호 선수)

❺❶ 어떤 경우에도 인간이 해야 할 일은 "설사 세상의 종말이 내일이라고 해도 나는 오늘 사과나무를 심겠다."라는 것이다.(게오르규)

❺❷ 어떤 일을 할 수 있고, 해야 한다고 생각하면, 길은 열리게 마련이다.(링컨)

❺❸ 인생에 있어서 우리에게 일어난 일을 어떻게 받아들이느냐 하는 것은 현재 일어난 일 못지않게 우리들의 행불행과 중요한 관련이 있다.(홈볼트)

❺❹ 전 세계가 슈퍼볼을 지켜본다는 것을 알고 있다. 나는 절반이 한국인인 만큼 한인 사회를 대표해 최선을 다하겠다.(하인스 워드)

❺❺ "나처럼 행동하라"고 누구에게나 말할 수 있도록 노력하라.(칸트)

❺❻ 값진 성과를 얻으려면 한 걸음 한 걸음이 힘차고 충실하지 않으면 안 된다.(단테 풀가토리오)

❺❼ 마지막에 이르기까지 처음과 마찬가지로 주의를 기울이면 어떤 일도 해낼 수 있다.(노자)

❺❽ 명장들도 처음에는 아마추어였다.(에머슨)

❺❾ 문을 끈기 있게 두드리는 사람만이 문 안으로 들어갈 수가 있다.(모세스 아이븐 에즈라)

❻⓪ 문제를 직시하는 것, 항상 정면으로 대하는 것, 그것이 상황을 밀고 나가는 방법이다. 용감하게 맞서라.(콘래드)

❻❶ 신은 인간으로 하여금 완성에 도달하려는 노력을 깨닫도록 하기 위해, 일부러 수많은 미완성을 내려 주셨다. 인생에서 가장 행복한 때는 일에 몰두하고 있을 때다.(힐티)

❻❷ 세상에서 출세하는 데에는 두 가지 방법이 있다. 자기 자신의 노력에 의존하든가 타인의 어리석음을 이용하는 것이다.(라브뤼예르)

❻❸ 신은 어딘가에 하늘 아래 당신만이 할 수 있는 일을 마련해 놓으셨다.(부쉬엘)

❻❹ 아무것도 생각할 줄 모르는 사람에게는 아무것도 존재하지 않는다.(괴테)

❻❺ 우리들이 기도할 때 쏟는 정성만큼 삶에서도 그렇게 노력하지 않는다면, 우리의 기도가 하나님에게 받아들여지도록 아무리 기도한들 그것은 헛수고다.(이솝)

❻❻ 유행과 시대로부터 독립하려는 목표를 가져야 한다.(그라시안)

❻❼ 자꾸만 떠오르는 생각은 실행으로 옮겨라.(괴테)

❻❽ 천재란 99%의 땀이며, 나머지 1%가 영감으로 이루어진다.(에디슨)

❻❾ 타인의 위엄에 눌려 그를 모방하지 말라. 어떤 사람이든 자신의 일에 대하여 자신만큼 그 일을 잘 알지도, 잘 처리하지도 못한다.(실러)

❼⓿ 한 가지 일에 착수하면 중도에서 그만두지 말고 열심히 완벽을 기할 때까지 힘들여 완성하도록 하라.(소크라테스)

❼❶ 그 무엇도 직선으로 움직이지 않는다. 어떤 목표도 좌절과 방해를 겪지 않고 이루어지는 법은 없다.(매튜스)

❼❷ 그대의 활동, 오직 그대의 활동만이 그대의 가치를 결정한다.(피히티)

❼❸ 단 한 번의 실패 때문에 결심한 목표를 포기하지 말라.(셰익스피어)

❼❹ 목표라는 항구를 모르는 사람에게 순풍은 불지 않는다.(세네카)

❼❺ 새벽녘의 계획이 하루 일을 결정한다.(손자병법)

❼❻ 성공의 비결은 목적이 변하지 않는 데 있다.(디즈레일리)

❼❼ 여론을 모두 수렴하다 보면 내 축구 철학이 흔들릴 수 있다. 그것은 전술적인 완성도가 방해받을 수 있다는 것이다. 그러므로 나는 나의 길을 가겠다.(거스 히딩크)

❼❽ 이 세상에서 중요한 것은 우리가 어디에 있느냐가 아니라 어디를 향해 가고 있느냐다.(괴테)

❼❾ 인간은 목표를 추구하도록 만들어진 존재다.(말츠)

❽⓪ 인간은 재주가 없어서라기보다는 목적이 없어서 실패한다.(빌리 선데이)

❽① 인생에서 가장 중요한 것은, 목표를 갖고 그것을 향해 노력하는 것이다.(탈레스)

❽② 지금 어느 위치에 있느냐는 중요하지 않다. 모든 위치가 목표에 닿을 수 있는 출발점이기 때문이다.(밀레)

❽③ 거짓은 거짓으로, 성심은 성심으로 보답된다. 상대방의 성심을 바라거든 이쪽에서도 성심을 표하라.(T. 만)

❽④ 군자를 만나면 어떻게 하면 그처럼 될 수 있을까 생각하라. 방탕한 사람을 만나면 어떻게 해야 그처럼 되지 않을까 생각하라.(중국 속담)

❽⑤ 다른 사람들의 성격이 모두 나와 같아지기를 바라지 말라. 남의 성격이 내 성격과 같아지기를 바라는 것은 어리석은 생각이다.(안창호)

❽⑥ 당신 의견이 옳다 하더라도 무리하게 남을 설득하려는 것은 현명하지 못하다. 모든 사람은 설득당하는 것을 싫어하기 때문이다.(스피노자)

❽⑦ 돌처럼 냉정한 행동을 하면서 비단처럼 부드러운 말을 하지 말라.(타미르족 격언)

❽⑧ 벌들은 협동하지 않고는 아무것도 얻지 못한다. 사람도 마찬가지다.(허버트)

❽⑨ 불평을 늘어놓는 사람에게 돌아가는 것은 일반적으로 동정이 아니

라 경멸이다.(존슨)

❾⓿ "사람을 얼굴로 판단해서는 안 된다."는 말은 자주 하지만, 말로만 그렇지 실제로 처음 만나는 상대를 판단할 때는 역시 외모가 영향을 미치는 경우가 많다.(간바 와타루)

❾① 상대방의 필요를 보고서도 그가 도움을 청할 때까지 기다리는 사람은 그것을 거절한 사람만큼이나 불친절한 사람이다.(단테 풀가토리오)

❾② 선물을 받을 때 감사하다고 말하는 사람은 그의 빚에 대한 첫 불입금을 갚는 것이다.(세네카)

❾③ 세상에 태어난 이상 서로 사귀는 법을 알아야만 한다.(루소)

❾④ 신사다운 말, 친절한 눈길, 사람 좋아 보이는 미소는 신통한 효과를 발휘하고 기적을 일으킨다.(해즐릿)

❾⑤ 아무도 믿지 않는 것과 모든 사람을 믿는 것은 모두 잘못이다.(세네카)

❾⑥ 예의는 감정이 진실하고 자상할수록 더욱 필요하다.(알랭)

❾⑦ 좋은 기회를 만나지 못했던 사람은 없다. 다만 그것을 포착하지 못했을 뿐이다.(카네기)

❾⑧ 인간의 생활이나 일생의 운명을 결정하는 것은 어떤 한순간의 일이다.(괴테)

❾⑨ 기회는 폭풍과 같아서 일단 지나가면 두 번 다시 돌아오지 않는다. (그라시안)

❿ 에셀나무란 시나이반도에서 주로 생육하는 상록수로 생명력이 강해 광야나 사막지대에서 잘 자란다.(창세기 21장 33절)

낙관

❶ 자기 부모를 섬길 줄 모르는 사람과는 벗하지 말라. 왜냐하면 그는 인간의 첫걸음을 벗어났기 때문이다.(소크라테스)

❷ 우리는 흔히 훌륭한 사람을 찾기에 분주하다. 그러나 내가 먼저 훌륭한 사람이 될 때 더 쉽게 훌륭한 사람을 만날 수 있다.(금병달)

❸ 우리 모두가 사소한 일에 예의를 지키면 인생이 더욱 즐거울 것이다. (채플린)

❹ 원한을 품지 말라. 대단한 것이 아니라면 정정당당하게 자기가 먼저 사과하라. 미소를 띠고 악수를 청하면서 일체를 흘러 버리고자 제안하는 사람이 큰 인물이다.(카네기)

❺ 은혜를 베풀되 그 보답은 바라지 말며, 준 뒤에는 후회하지 말라.

❻ 의심스러운 사람은 쓰지 말고 사람을 썼거든 의심하지 말라.(명심보감)

❼ 친절은 세상을 아름답게 한다. 모든 비난을 해결한다. 얽힌 것을 풀고, 곤란한 일을 수월하게 하고, 암담한 것을 즐거움으로 바꾼다.(톨스토이)

❽ 함께 우는 것처럼 사람의 마음을 맺어 주는 것은 없다.(루소)

❾ 현금을 선물하는 것은 실례가 아니다. 상대방이 불쾌하지 않도록 현금을 건넬 수 있다면, 그 사람은 사회인으로서 성공의 반열에 올라설 수 있다.(나카타니 아키히로)

❿ 나는 칭찬 한마디를 들으면 2개월을 살 수 있다.(마크 트웨인)

⓫ 아는 것을 안다 하고 모르는 것을 모른다 하는 것이 말의 근본이다.(순자)

⓬ 음식을 고르듯이 말도 골라야 한다.(아우구스티누스)

⓭ 인간은 말하는 것은 쉽게 배우는데 침묵하는 것은 여간해서 배우지를 못한다.(유대 격언)

⓮ 인간은 생각이 적을수록 말이 많다.(몽테스키외)

⓯ 인간은 입이 하나 귀가 둘이다. 이는 말하기보다 듣기를 두 배 더 하라는 뜻이다.(탈무드)

⓰ 입으로 입힌 상처는 칼로 입힌 상처보다 더 깊다.(모르코 속담)

⓱ 잘 짖는다고 좋은 개가 아닌 것처럼 말을 잘한다고 현명한 사람은 아니다.(장자)

⓲ 진실한 말에는 꾸밈이 없고, 꾸미는 말에는 진실이 없다.(노자)

⓳ 첫 마디에서 양보하면, 다음 말에서 더 양보하게 된다.(프로이트)

⓴ 최고의 처세술은 타협하지 말고 적응하는 것이다.(짐멜)

㉑ 침묵은 자신 없는 사람의 가장 안전한 방책이다.(라로슈푸코)

㉒ 행동과 일치하지 않는 말은 믿지 말라.(나폴레옹 힐)

㉓ 현명한 사람이 되려거든 사리에 맞게 묻고 조심스럽게 듣고, 침착하게 대답하라. 그리고 더 할 말이 없으면 침묵하기를 배우라.(라파엘로)

㉔ 오랜 친구는 자신을 비추는 거울이다.(허버트)

㉕ 너를 칭찬만 하고 따르는 친구도 있을 것이고, 너를 충고하는 친구도 있을 것이다. 너를 충고하는 친구와 가까이하고 너를 칭찬만 하는 친구와는 멀리하라.(탈무드)

㉖ 무지한 친구처럼 위험한 존재는 없다.(라퐁텐)

㉗ 사람들은 혹은 부자가 될 것을 원하고, 혹은 크게 될 것을 원한다. 그러나 한 명의 좋은 친구를 얻는다는 것은 이상의 것을 모두 합한 것보다 낫다.(소크라테스)

㉘ 사람에겐 사람이 필요하다.(타고르)

㉙ 사람은 다른 사람으로부터 믿음과 신뢰를 잃었을 때 가장 비참해진다.(프랭클린)

㉚ 선한 벗의 노한 얼굴은 악한 벗의 웃는 얼굴보다 낫다.(덴마크 속담)

㉛ 열매 맺지 않는 과일 나무는 심을 필요가 없고, 의리가 없는 벗은 사귈 필요가 없다 (명심보감)

㉜ 사람은 변해야 한다. 그 변화의 순간이 바로 복된 삶의 초입이다.

㉝ 인생의 성공은 주어진 환경이 결정하는 것이 아니라, 환경에 대한 사람의 태도가 결정한다.

㉞ "불조심해라"는 우리가 알고 있는 좋은 충고다. "말조심해라"는 그보다 열 배는 더 좋은 충고다.

❸❺ 예절의 씨를 뿌린 사람은 우정을 수확할 것이고, 친절을 파종한 사람은 사랑을 거두어들일 것이다.

❸❻ 사랑은 이유를 묻지 않고 아낌없이 주고도 혹시 모자라지나 않나 걱정하는 것이다.

❸❼ 좋은 책을 사랑하라. 책 속에는 온 세상 돈을 다 가지고도 살 수 없는 보화가 가득하다.(잉거솔)

❸❽ 승리를 향한 그리스도인들이여! 세상을 바꾸는 것은 지식이 아니라 우리의 따뜻한 가슴이다.

❸❾ 그리스도인들이여! 꿈을 꾸고 이루고 나누는 꿈으로 하나가 되라.

❹⓿ 반드시 성취하겠다는 집념이 있다면, 두뇌에 지속적으로 자극을 주라.

❹❶ '포기 금지' 포기하는 것은 완전한 패배를 불러들이는 것과 같다.(노면 빈센트 필 목사님)

❹❷ 주님의 도우심으로 불가능을 가능으로, 불행을 행복으로, 절망을 소망으로, 부정을 긍정으로 전환하라.

❹❸ 소수의 친절한 사람이 세상을 바꿀 수 있으리라고 누가 믿겠는가! 그러나 이는 사실이다.(마가렛 미드)

❹❹ 인간의 목표는 풍부하게 소유하는 것이 아니고, 주님께서 주신 것을 풍성하게 나누는 것이다.

❹❺ 외모의 아름다움은 눈만을 즐겁게 하나, 상냥한 태도는 영혼을 매료시킨다.(볼테르)

❹❻ 친절한 말은 짧고도 하기도 쉽지만, 그 메아리는 오래간다.(마더 테

레사 수녀)

❹❼ 자신의 삶을 그리스도께 맡기고 매일 그분과 함께 걷는 법을 배우라.

❹❽ 하루를 모두 연소시킨다는 각오로 생활해 가는 사람의 미래는 밝을
수밖에 없다.

❹❾ 혼자만 행복해지는 방법이 있는가 하면 모두가 행복해지는 방법도
있다. 믿음의 백성들은 모두가 행복해져야 한다.

❺⓿ 생각이 건전하면 지혜를 얻고, 생각이 흩어지면 지혜를 잃는다. 이
두 갈래 길 중에서 지혜를 따르라.

❺❶ 피해당한 것은 모래에 쓰고, 은혜 받은 것은 대리석에 써라.(프랑스
격언)

❺❷ 황홀하지 않으면 새벽을 본 것이 아니다. 사랑하기에도 짧은 인생,
마지막 순간에 꼭 바라는 것, 지금 그것을 시도하라.

❺❸ 백 년을 살 것처럼 일하고, 내일 죽을 것처럼 기도하라.(프랭클린)

❺❹ 인간의 생활이나 일생의 운명을 결정하는 것은 어떤 한순간의 일이
다.(괴테)

❺❺ 기도로 하루를 열고 기도로 하루를 닫아라. 기도는 행복의 창고를
여는 열쇠와도 같다.

❺❻ 실패하는 사람은 혀로 반성하고, 성공하는 사람은 행동으로 반성한다.

❺❼ 행운과 성공은 기다린다고 오지 않는다. 행운과 성공은 긍정적이고
적극적인 사람에게 찾아온다.

❺❽ 좋은 기회를 만나지 못했던 사람은 없다. 다만 그것을 포착하지 못

했을 뿐이다.(카네기)

❺❾ 생각하는 것이 인생의 소금이라면 희망과 꿈은 인생의 사탕이다. 꿈이 없다면 인생은 쓰다.(리튼)

❻⓿ 부자는 되는 것이 아니라, 만들어지는 것이다. 성공의 티켓을 잡아라.

❻❶ 믿음의 삶은 그리스도를 신뢰하는 순간 시작되어 죽는 순간까지 계속되는 여행이다.

❻❷ 마음의 채널을 바꾸라. 주님의 도우심으로 원하는 인생을 마음의 도화지에 그려라.

❻❸ 인간의 진정한 재산은 그가 이 세상에서 행하는 선행이다.

❻❹ 맛있는 사과를 혼자 먹으면 단순히 사과일 뿐이지만 배고픈 자에게 나누어 주면 사과가 사랑으로 변신할 수 있다.

❻❺ 천사와 악마의 차이는 모습이 아니라, 그가 하는 말이다. 당신의 말에는 어떤 향기가 있는가? (긍정적인 말의 힘에서)

❻❻ 나의 가치는 타인에게 얼마나 많은 행복을 주는가에 달려 있다.

❻❼ 당신의 하루는 어떻게 시작하는가? 하루의 첫 시작이 바뀌면 하루가 바뀌고 하루가 바뀌면 인생이 바뀐다.

❻❽ 내가 행복하면 온 세상이 행복하고, 내가 불행하면 온 세상이 불행해진다.(행복이라는 책에서)

❻❾ 책을 사느라고 돈을 들이는 것은 결코 손해가 아니다. 오히려 훗날 만 배의 이익을 얻을 것이다.(왕안석)

❼⓿ 책이 없는 궁전에서 사는 것보다, 책이 있는 마구간에서 사는 것이 낫다.(영국 격언)

❼❶ 축구만 알면 바보다. 다른 분야에 대해서도 알아야 한다.(거스 히딩크)

❼❷ 부자의 향락은 가난한 사람의 눈에서 눈물이 흐르게 한다.(T. 플러)

❼❸ 나는 낮에 꿈을 꾸었다. 두 눈을 부릅뜨고 꿈을 향해 행동한다. 잠을 자면 꿈을 꾸지만 공부를 하면 꿈을 이룬다.

❼❹ 남을 도운 일은 세상을 돌고 돌아 더 큰 도움으로 자신에게 돌아온다.

❼❺ 우리를 움직이는 것은 발이 아니라 마음이다.(고대 중국 속담)

❼❻ 가능성에 집중하라. 기회를 줄 사람들을 찾으라.(6년 연속 세계최고의 여성 CEO로 휴렛팩커드 전 CEO 칼리 피오리나)

❼❼ 안전보다는 도전을 선택하라.(칼리 피오리나)

❼❽ 승리를 선택한 자만이 승리한다.(칼리 피오리나)

❼❾ 승리는 변화의 두려움을 이겨낼 때 성취된다.(칼리 피오리나)

❽⓿ 선택을 그만두는 것은 죽기 시작하는 것이다.(칼리 피오리나)

❽❶ 훌륭한 리더는 사람들이 "우리의 힘으로 해냈다."라고 말하게 하는 사람이다.(칼리 피오리나)

❽❷ 진정한 성공은 올바른 리더십과 지원, 적합한 전략, 그리고 승리의 의지가 있을 때여야만 가능하다.(칼리 피오리나)

❽❸ 인간의 진정한 재산은 그가 이 세상에서 행하는 선행이다.

❽❹ 믿음의 삶은 그리스도를 신뢰하는 순간 시작되어 죽는 순간까지 계

속되는 여행이다.

㉟ 남에게 흥미를 가짐으로써 자신의 불행을 잊어버려라. 매일 누군가의 얼굴에 미소를 짓도록 선행하라.

㊱ 살아 있는 이에게 전하는 다정한 말 한마디는, 장례식장에 전하는 장황한 말보다도 더 큰 의미와 가치가 있다.

㊲ 당신의 마음속에 무엇이 들어 있는가가 당신의 미래를 만든다.(지그 지글러)

㊳ '부탁드립니다'와 '고맙습니다'는 마법의 말이다. 좋은 일이 생기기를 바란다면 그 말을 하면 된다.(필 파커)

㊴ 포기하지 않는 자만이 정상에 오른다.(조엘 오스틴 목사님)

㊵ 하나님의 축복의 법칙은 사람의 지혜를 초월한다. 인간의 계산으로는 측량할 길이 없다.

㊶ 상상력이야말로 우리가 가지고 있는 최대의 금광이다.

㊷ 자연의 천연자원은 쓸수록 고갈되지만, 인간의 천연자원은 활용하지 않으면 고갈된다.

㊸ 태양 아래 모든 고통에는 구원이 있거나 없다. 있다면, 그것을 찾기 위해 노력하라. 없다면, 잊어버려라.

㊹ 자유로운 나, 활기찬 나를 만드는 비법, 걱정에 지금 당장 '정지' 명령을 내려라.

㊺ 지혜로운 사람이라면, 하루 한 번씩 성경 읽기를 즐거워하라.

❾ 매일 성경을 읽는 사람은 인생의 어떤 충격이 와도 충격을 받지 않는다.(하용조 목사님)

❾ 성경을 일점일획도 틀림없는 하나님의 말씀으로 믿어라. 과학으로 이것을 평가할 수 없다. 왜냐면 과학은 미완성이기 때문이다.(하용조 목사님)

❾ 어떠한 방면에서 활동하는 사람이든지 막론하고 그가 자기의 생을 참되게 살기를 원한다면 나는 그에게 성경을 연구하라고 권하겠다. (루스벨트)

❾ "각하 저를 믿어 주십시오. 제가 아무리 피곤한 날이라도 성경을 읽지 않고는 잠자리에 들지를 못했답니다." (더글러스 맥아더)

❿ 지금까지 이 세상에 수백만 권의 책이 쓰였지만 전 세계적으로 오직 성경만 '거룩한' 책으로 불린다.

긍정

❶ 들어올 때는 웃음으로 분위기를 띄우고, 나갈 때는 복을 남기는 크리스천이 되라.

❷ 사람들에게 마땅한 대접을 하고, 그들이 잠재력을 발휘하도록 도우라.(괴테)

❸ 최선의 삶을 살기 위해서는 먼저 믿음의 눈으로 인생을 바라보라. 원하는 인생을 마음의 도화지에 그려야 한다.

❹ 그릴 수 없다는 목소리가 들려와도 계속 깨끗이 그리면, 그 목소리는 이내 사그라진다.(빈센트 반 고흐)

❺ 희망과 긍정적 사고 없이는 아무것도 이룰 수 없다.(헬렌 켈러)

❻ 재앙을 생각하면 재앙이 찾아온다. 죽음을 골똘히 생각하면 죽음의 시간이 그만큼 앞당겨진다. 긍정과 주인정신과 자신감과 믿음으로 생각하면 행동과 성과와 경험으로 삶이 풍성해지고 안정된다.(에디 리켄베커)

❼ 모든 근심을 하나님께 맡겨라. 그렇지 않으면 근심이 마음 깊이 뿌

리박을 것이다.(알프레드 텐슨)

❽ 하나의 문이 닫히면 또 다른 문이 열리게 마련이다. 하지만 우리는 후회 가득한 눈빛으로 하염없이 닫힌 문을 응시하다가 새로 열린 문을 보지 못하곤 한다.(알렉산더 그레이엄 벨)

❾ 절망스러운 상황은 없다. 절망한 사람만 있을 따름이다.(클레어 루스)

❿ 두 발을 굳게 딛고 서라. 설령 외적으로는 엎어져 있어도 내적으로는 굳게 서 있어야 한다.

⓫ 내 삶을 바꿀 수 있는 사람은 오직 나뿐이다. 누구도 대신해 줄 수 없다.(캐럴 버넷)

⓬ 온통 고난만 가득한 상황에 빠져 단 일 분도 견디기 어렵더라도 결코 포기하지 말라. 흐름이 바뀌는 시기와 장소가 있기 때문이다.(해리에트 비처 스토우)

⓭ 우리는 베푸는 사람으로 창조되었다. 받는 사람이 아니라 주는 사람이 되라.

⓮ 거둔 열매가 아니라, 뿌린 씨앗으로 하루를 판단하라.(로버트 루이스 스티븐스)

⓯ 우리가 최선을 다할 때 우리 삶이나 다른 이의 삶에 어떤 기적이 일어날지 알 수 없다.(헬렌 켈러)

⓰ 행복은 선택이다. 행복은 순간순간 느끼는 감정이 아니라 결정하고 내려야 하는 선택이다.

❶ 행복은 전염성이 강하다. 행복의 매개체가 되라.(로버트 오벤)

⓲ 행복은 밖이 아닌 안에, 우리가 가진 것이 아니라 우리가 누군지에 달려 있다.(헨리 반 다이크)

⓳ 낡은 가죽부대를 버리라. 과거의 장벽을 넘어 하나님이 우리 삶 속에서 행하실 놀라운 일을 기대하라.

⓴ 스스로 목표한 대로 다 이루었다면 목표를 너무 낮게 잡은 것이다. (격언)

㉑ 오늘은 최대한 빨리 잊으라. 내일은 새날이다. 과거의 불쾌함이 끼어들지 못하도록 상쾌하고 활기찬 기분으로 내일을 시작하라.(랠프 에머슨)

㉒ 메뚜기 정신은 가라. 자신의 약점에서 눈을 떼고 오직 하나님만 바라보라.

㉓ 장미에 가시가 붙어 있다고 불평할 것인가, 아니면 가시에 장미가 붙어 있다고 좋아할 것인가? (탐 윌슨)

㉔ 절뚝거리며 걸어도 분명히 걷고 있는 것이다.(스타니스와프 렉)

㉕ 생각의 새로운 물꼬를 트라. 긍정적이고 멋진 생각을 품으면 위대함으로 나아가는 길이 뻥 뚫린다.

㉖ 길이 뚫린 데로 가지 말고 길이 없는 곳에 흔적을 남겨라.(랠프 에머슨)

㉗ 생각을 바꾸면 세상을 바꿀 수 있다.(노먼 빈센트 필)

㉘ 자유를 얻으라. 선택은 당신 마음이지만 용서하지 않으면 자유는 없다.

㉙ 하나님은 거의 광기에 가까운 창조성과 천재성과 열정을 지니신 분이다. 엄청나게 크신 동시에 후하고 참을성이 많으신 분이며, 아름다움과 행복과 단결을 주시는 분이다.(새러 메이틀랜드)

㉚ 당신 자신도 당신 뜻대로 할 수 없는데 남들을 당신 뜻대로 만들 수 없다고 화내지 말라.(토머스 아 켐피스)

㉛ 인생의 경험은 연속이며, 느끼기는 어렵지만 경험 하나하나가 우리를 크게 만든다. 세상은 인격을 키우기 위해 만들어졌으므로 우리는 실패와 한탄을 견딜 때마다 꾸준히 앞으로 나아간다는 사실을 알아야 한다.(헨리 포드)

㉜ 더는 갈 곳이 없다는 엄청난 거짓 확신이 수없이 밀려왔다. 그때마다 내 지혜는 아직 때가 되지 않았다고 말했다.(에이브러햄 링컨)

㉝ 축복할 수 있는 것도 복이다. 베푼 만큼, 아니 그 이상으로 받는다.

㉞ 자신을 버리고 살 때 진정으로 사는 것이다.(앨버트 아인슈타인)

㉟ 갚을 능력이 없는 사람에게 베풀기 전까지는 오늘을 온전히 산 것이 아니다.(존 번연)

㊱ 믿음은 만족이다. 의심을 버리고 하나님을 신뢰하라.

㊲ 진정한 만족은 현실적이며 나아가 적극적인 미덕이다. 긍정적일 뿐이니라 창조적이기까지 하다. 그것은 전혀 만족이 없는 상황에서 만족을 뽑아내는 힘이다.(G. K. 체스터턴)

㊳ 좋으신 하나님은 당신의 소원을 모두 들어주신다. 단, 모든 것을 그분의 손에 맡길 때만.(머헬리아 잭슨)

❸❾ 어마어마한 기대를 품으라. 하나님은 우리가 기대한 만큼만 채워 주신다.

❹⓿ 나는 과거의 역사보다 미래의 꿈이 좋다.(토머스 제퍼슨)

❹❶ 인생에서 가장 보람 있는 일은 불가능해 보이는 일이다.(아놀드 파머)

❹❷ 당신은 그 모습 그대로 사랑스럽다. 있는 모습 그대로 최선을 다하라.

❹❸ 비 내리는 주일 오후에 뭘 할지는 모르면서 영원히 살기를 갈구하는 사람이 얼마나 많은가.(수잔 에르츠)

❹❹ 세상에는 모든 사람을 작게 만드는 위대한 사람이 있다. 하지만 정말 위대한 사람은 모든 사람을 위대하게 만든다.(G. K. 체스터턴)

❹❺ 당신의 말에 기적이 있다. 당신의 말에 따라 고난의 순간이 얼마나 오래갈지 결정된다.

❹❻ 사람들은 매일 하나님을 보면서도 깨닫지 못한다.(펄 베일리)

❹❼ 크고 작은 모든 일은 하나님이 우리에게 들려주시는 비유의 말씀이다. 삶의 지혜는 메시지를 얻는 것이다.(맬컴 머거리지)

❹❽ 억울함은 하나님이 풀어 주신다. 하나님이 당신의 억울함을 풀어 주실 줄로 믿으라.

❹❾ 원한은 삶에 굴레를 씌우지만 사랑은 삶을 자유롭게 한다.(헨리 에머슨 포스딕)

❺⓿ 그냥 놔두는 것은 항복이지만 하나님께 맡기는 것은 믿음이다.(A. W. 토저)

❺❶ 행복하기로 결심하라. 하나님은 승리의 삶을 예비해 놓으셨다. 그러나 먼저 그것을 받을 만한 그릇이 되어야 한다.

❺❷ 하나님이 하시는 일을 이해할 수 없는 순간에도 하나님을 찬양하라.(헨리 제이콥슨)

❺❸ 오직 죽은 물고기만 물 흐름을 따라 헤엄친다.(무명씨)

❺❹ 사랑하면 눈이 먼다. 하나님은 우리가 자애와 자비의 본이 되기를 기대하신다.

❺❺ 사람들에게 마땅한 대접을 하고, 그들이 잠재력을 발휘하도록 도우라.(괴테)

❺❻ 나는 이 세상을 딱 한 번밖에 지나가지 못한다. 따라서 내가 할 수 있는 선이 있다면 지금 당장 하리라. 왜냐하면 내가 다시는 이 길을 지날 수 없기 때문이다.(격언)

❺❼ 진실 없이는 성공도 없다. 진실을 조금만 버려도 하나님의 복에서 한참 멀어진다.

❺❽ 가능한 모든 수단과 방법을 동원해서 모든 때와 장소에서 모든 사람에게 모든 선을 베풀려고 노력하라.(존 웨슬리)

❺❾ 역사는 밤에 이루어진다. 인격은 어둠 속에서 나타나는 당신의 모습이다.(존 호핀)

❻⓿ 자신의 진정한 가치를 발견하라. 당신이 누구인지가 아니라 당신이 누구의 것인지가 중요하다. 하나님이 우리의 하늘 아버지가 되시니 우리에게는 기회의 문이 늘 활짝 열려 있다.

❻❶ 믿음에 굳게 선 사람에게는 어떤 설명도 필요치 않다. 그러나 믿음이 없는 사람에게는 어떤 설명도 가능하지 않다.(토머스 아퀴나스)

❻❷ 의무가 "꼭 해야 해!"라고 낮게 속삭일 때 젊음은 "나는 할 수 있어!"라고 대답한다.(랠프 에머슨)

❻❸ 하나님의 눈으로 자신을 바라보라. 하나님이 창조하신 모습 그대로 만족하라.

❻❹ 하나님은 우리의 창조자시다. 하나님은 자신의 형상과 모습을 따라 우리를 지으셨다. 그래서 우리는 창조자다. 창조의 기쁨은 우리의 것이다.(도로시 데이)

❻❺ 스스로를 소중히 여기지 않으면 남도 소중히 여겨 주지 않는다.(맬컴 포브스)

❻❻ 다 하나님의 프로그램 안에 있다. 하나님은 우리를 지으시면서 우리 안에 승리의 프로그램을 짜 놓으셨다.

❻❼ 매일 밤 나는 하나님께 내 근심을 맡긴다. 그러면 하나님은 밤새 나를 위해 일하신다.(메리 크로울리)

❻❽ 우리의 현재는 하나님이 주신 선물이다. 우리의 미래는 우리가 하나님께 드리는 선물이다.(엘리너 파월)

❻❾ 원한은 가라. 쓴 뿌리는 쓴 열매를 낳는다.

❼⓿ 용기가 과거를 바꿔 주진 않지만 미래는 확실히 바꿔 주신다.(버나드 멜처)

❼❶ 나쁜 사람의 불의 때문에 고통받고 있다면 나쁜 사람이 둘로 늘어

나지 않도록 그를 용서하라.(어거스틴)

❷ 최악의 시간이 최고의 시간이다. 종종 하나님은 우리 눈에 보이지 않는 순간에 가장 많이 일하신다.

❸ 얼굴을 햇빛 쪽으로 향하면 그늘이 보이지 않는다.(헬렌 켈러)

❹ 램프가 계속 타려면 기름을 계속 넣어 줘야 한다.(테레사 수녀)

❺ 열린 마음, 열린 손으로 살라. 우리 하나님의 사랑과 연민을 간절히 찾는 이들이 도처에 깔려 있다.

❻ 우리는 번 돈으로 생계를 꾸리고, 베푼 돈으로 생명을 얻는다.(윈스턴 처칠)

❼ 남의 속상함을 덜어 주려면 자신의 속상함을 잊어야 한다.(에이브러햄 링컨)

❽ 백 점 만점짜리 인생이 되라. 하나님은 평범한 사람에게 복을 주시지 않는다. 백 점 만점의 뛰어난 사람에게 복을 주신다.

❾ 탁월함을 발하고 자긍심을 품고 인격을 내보이라. 그러면 승리는 저절로 찾아온다.(폴 베어 브라이언트)

❿ 장애물은 나를 무너뜨리지 못한다. 모든 장애물은 단호한 결단력을 낳는다. 별에 시선을 고정한 사람은 마음을 바꾸지 않는다.(레오나르도 다빈치)

⓫ 믿는 대로 된다. 하나님의 은혜는 우연이 아니다.

⓬ 하나님은 누구라도 하나님의 마음을 시험해 보라고 말씀하신다. 하

나님은 다 퍼주고도 더 주기를 원하시는 분이다. 그분은 끊임없이 문을 두드리는 믿음을 원하신다.(플라치도 리까르디)

⑧③ 진정한 믿음은 행동으로 옮기는 믿음이다.(퍼키서)

⑧④ 오늘 믿은 대로 내일 이루어진다. 당신의 삶에 가장 큰 영향을 미치는 것은 다른 누구도 아닌 바로 당신의 믿음이다.

⑧⑤ 계단 전체가 보이지 않아도 믿는 순간 한 계단을 오른 셈이다.(마틴 루터 킹)

⑧⑥ 산상수훈을 삶으로 실천할수록 더 큰 복이 임한다.(마틴 로이드 존스)

⑧⑦ 하나님은 믿음의 말에 귀를 기울이신다. 부정적인 말을 하지 않는 것으로는 충분하지 않다. 크리스천은 적극적인 태도가 필요하다.

⑧⑧ 하나님은 하나님 자신과 동떨어진 행복과 평화를 주실 수 없다. 세상에 그런 것은 없기 때문이다.(C. S. 루이스)

⑧⑨ 행동은 생각이 아니라 책임감에서 나온다.(디트리히 본회퍼)

⑨⓪ 일어나 걸으라. 과거의 삶에서 벗어나 마음과 몸과 영혼의 건강을 되찾으려면 일어나 미래를 향해 나아가야 한다.

⑨① 남을 용서하지 못하는 사람은 자신이 건너야 할 다리를 부수는 사람이다.(코리 텐 붐)

⑨② 믿음의 시험을 이기라. 우리가 삶의 목적을 찾는 때는 고난의 순간이다.

⑨③ 성공하는 사람은 남들이 던진 벽돌로 견고한 기초를 쌓는 사람이다.(데이비드 브링클리)

❾❹ 중요한 것은 싸우는 개의 크기가 아니라 개의 투지의 크기다.(드와
이트 아이젠하워)

❾❺ 씨앗을 뿌리는 것이 우선이다. 하나님의 것을 훔치고서 하나님의 복
을 기대할 수 없다.

❾❻ 베풂은 마음의 문제지 물질의 문제가 아니다.(프레드 코슨)

❾❼ 사랑 없이 베풀 수는 있지만 베풂 없이 사랑할 수는 없다 (리처드
브라운스타인)

❾❽ 우리가 선물을 줄 때 하나님이 보신다. 하나님은 우리의 선행 하나
하나를 기록하고 계신다.

❾❾ 스스로 할 수 있거나 꿈꾸는 일이 있거든 당장 추진하라. 대담함 속
에는 재능과 힘과 신비함이 모두 깃들어 있다.(괴테)

❿ 사랑은 어떤 모습일까? 사랑은 남을 도울 손이 있다. 가난하고 곤궁
한 자에게 달려갈 발이 달려 있다. 사람들의 한숨과 애통을 들어줄
귀가 달려 있다. 사랑은 이런 모습이다.(어거스틴)

주향기

앞을 못 보는 사람이 밤에 물동이를 머리에 이고, 한 손에는 등불을 들고 길을 걸었다. 그와 마주친 사람이 물었다.

"정말 어리석군요. 앞을 보지도 못하면서 등불은 왜 들고 다닙니까?"

이에 앞을 못 보는 사람이 대답했다. "당신이 나와 부딪치지 않게 하려고요. 이 등불은 나를 위한 것이 아니라 당신을 위한 것입니다."

(바바 하리다스)

❶ 독실하고 경건한 신자들이 고난을 받는 것은 전혀 문제가 아니다. 진정한 문제는 고난을 받지 않는 신자들이 있다는 것이다.(C. S. 루이스)

❷ 믿음을 넘어서라. 믿는 그대로 받는다.

❸ 나는 전에 없었던 일을 꿈꾸고 왜 안 되냐고 묻는다.(로버트 케네디)

❹ 불가능, 그것은 아무것도 아니다. 당신이 보이지 않는 것을 믿으면 하나님은 불가능한 일을 가능케 하신다.

❺ 위대하게 추구하는 모든 소명은 위대하다.(올리버 홈스)

❻ 과거를 바탕으로 미래를 계획할 수는 없다.(에드먼드 버크)

❼ 축복의 유산을 남기라. 우리의 말은 자녀의 미래에 좋은 또는 나쁜 영향을 미친다.

❽ 말은 인간이 사용하는 약 중에서 가장 약효가 세다.(루디야드 키플링)

❾ 말 한마디가 세상을 지배한다.(존 셀든)

❿ 마음에 품은 독을 제거하라. 용서는 자유의 문을 여는 열쇠이다.

⓫ 원한과 비통은 만물에 깊이 뿌리내리고 있다. 하지만 우리 안에서 창조가 쉼을 얻고 우리 마음은 하나님 안에서 쉼을 얻는다.(에르네스또 까르데날)

⓬ 내 영혼을 좁고 더럽게 만드는 미움을 받아들이지 않으리라.(부커 워싱턴)

⓭ 인생은 진행 중이다. 시련은 믿음과 인격과 인내력을 시험하는 장이다.

⓮ 겨울이 없다면 봄이 그토록 즐겁지 않을 것이다. 때로 고난을 맛보지 않으면 번영이 그토록 반갑지 않을 것이다.(앤 브래드스트리트)

⓯ 고난의 한복판에 기회가 있다.(앨버트 아인슈타인)

⓰ 하나님의 관심을 얻으라. 믿음의 표현으로 뭔가 대단한 일을 하라.

⓱ 세상에 쓸모없는 사람은 없다. 누구라도 다른 이의 짐을 덜어 줄 수 있으니까……(찰스 디킨스)

⓲ 선을 베푸는 데 너무 빠른 경우는 없다. 순식간에 너무 늦은 상황이 되기 때문이다.(랠프 에머슨)

⓳ 하나님의 사람은 지구상에서 가장 행복한 사람이다. 이게 진짜 사는 것이다.

⓴ 가장 큰 낭비는 웃음이 없는 나날이다.(E. E. 커밍스)

㉑ 아무도 나서지 않았다면 미켈란젤로가 시스틴 성당의 바닥을 칠했을 것이다.(닐 사이먼)

㉒ 의심의 구름을 걷어 버리라. 생각을 바꾸면 하나님이 인생을 바꿔 주신다.

㉓ 나는 하나님의 생각을 알고 싶다. 나머지는 모두 부수적인 것이다. (앨버트 아인슈타인)

㉔ 많은 사람들의 문제점은 올바른 정신이 아닌 허황된 소망이나 두려움으로 꽉 찬 생각을 하는 것이다.(월터 듀런티)

㉕ 치즈와 비스킷은 내려놓으라. 시시한 복에 만족하지 말고 하나님의 풍성하신 복을 바라보라.

㉖ 인내와 고집의 차이는 하나는 강한 의지에서 나오고 다른 하나는 강한 부정에서 나온다는 것이다.(헨리 워드 비처)

㉗ 단순히 하나님의 복을 갈망하지 말고 적극적으로 복을 주장하라.(헨리 제이콥슨)

㉘ 복은 말로 표현하기 전까지는 복이 아니다. 과감히 복을 선포하라.

㉙ 소원의 열매가 한창 향기를 풍기고 있다면 빌기를 그만두고 즐기는 것이 마땅하다.(패트리스 기포드)

㉚ 복을 세어 보아야 하지만 동시에 복을 소중히 여길 줄도 알아야 한다.(닐 맥스웰)

㉛ 과거는 과거일 뿐이다. 하나님이 끝내신 일에 왈가왈부하지 말라.

㉜ 두려움 때문에 기도하는 것은 용기다.(도로시 버나드)

㉝ 할 수 없는 것이 할 수 있는 것을 방해하지 못하도록 하라.(존 우든)

❸❹ 작은 한 걸음이 엄청난 도약을 가져온다. 종종 역경은 우리를 하나님의 목적지로 이끈다.

❸❺ 비관론자는 매번 기회가 찾아와도 고난을 본다. 낙관론자는 매번 고난이 찾아와도 기회를 본다.(윈스턴 처칠)

❸❻ 만족을 맛보는 생각은 달콤하다. 평온한 정신은 왕보다도 부하다.(로버트 그린)

❸❼ 씨 뿌리면 성장한다. 하나님이 주신 기쁨을 다른 사람과 나누라.

❸❽ 항상 옳은 일을 하라. 그러면 몇몇 사람은 고마워할 것이고 나머지는 깜짝 놀랄 것이다.(마크 트웨인)

❸❾ 오늘부터 최선의 삶을 살라. 하나님은 당신을 위해 어마어마한 복을 예비해 놓으셨다.

❹⓿ 당신이 쏘지 않은 슛은 100% 골대로 들어가지 않는다.(웨인 그레츠키)

❹❶ 최선의 생각을 품으라. 최선의 말을 하라. 그리고 자신의 양심으로 인정받으라.(수전 앤서니)

❹❷ 하나님은 우리에게 두 개의 손을 주셨다. 하나는 받는 손이고 다른 하나는 베푸는 손이다. 우리는 저장하는 창고가 아니라 베푸는 통로로 지음 받았다.(빌리 그레이엄)

❹❸ 당신의 이름과 당신의 필요를 나보다 잘 아시는 하나님이 당신에게 복 주시기를, 내일이 펼쳐질 때마다 기쁨과 용기, 자신감을 얻기를…… (로버트 슐러)

❹❹ 하나님께 시간을 드리면 사람과 재능, 기술과 아이디어, 돈은 알아

서 따라온다. 실패를 두려워하는가? 두려움만큼 확실하게 미래를 갉아먹는 건 없다.

❹❺ '문제'는 언제나 문제의 탈을 쓴 긍정적 가능성이다. 문제는 새로운 선택을 하라는 유익한 자극제다. 하나님의 사랑을 의심하는 순간, 문제는 진짜 문제로 돌변한다.

❹❻ 낙관을 선택하라. 어떤 비관론자보다 훨씬 더 아름다운 삶을 남기고 천국에 가게 되리라.

❹❼ 나는 우울한 꿈을 이룬 비관론자가 되느니 터무니없이 높은 목표를 다 이루지 못하고 떠나는 낙관론자가 되고 싶다.

❹❽ 낙관론자의 삶은 기쁨이 넘치는 여행이고, 비관론자의 삶은 한 번도 희망으로 새벽을 깨우지 못하고 질질 끌려 다니는 여행이다.

❹❾ 미래를 내던지지 말라! 당신 삶을 향하신 하나님의 꿈을 찾았으면 그 꿈을 잡으러 떠나라.

❺⓿ 목표가 없는 인생은 하나님이 없는 인생이다. 없는 재능을 억지로 만들지 말고, 숨어 있는 재능을 마음껏 키워라.

❺❶ 세상은 우리 각자의 선하고 굳건한 품성을 절실히 원한다. 누구나 세상에 깊은 흔적을 남길 수 있다. 긍정적인 자아상은 소명, 나아가 성공으로 향하는 출발점이다.

❺❷ 가치를 신중하게 선택하라. 영적 신앙에서 나온 가치는 아름다운 인간을 빚어낸다. 신앙에는 긍정적이며 영적인 열정이 깃들어 있다.

❺❸ 생각을 뿌리고 행동을 거두라. 행동을 뿌리고 습관을 거두라. 습관

을 뿌리고 인격을 거두라. 인격을 뿌리고 운명을 거두라.

❺❹ 인간으로서 우리의 '가격'은 우리가 선택한 가치관의 수준에 따라 결정된다. 위대한 가치는 위대한 인격을 낳는다.

❺❺ 삶의 긍정적 가능성은 받아들이고 삶의 부정적 유혹과 혼란은 물리치게 해 주는 불변의 가치에 헌신하라. 그러면 만족스러운 내일이 찾아오리라.

❺❻ 위대한 일을 하다가 실패하는 것이 가만히 있다가 성공하는 것보다 훨씬 낫다. 이 사실을 떠올리면 실패의 위험에 맞설 용기가 솟아난다.

❺❼ 모험을 걸지 않은 삶은 살아도 산 것이 아니다. 아무것도 걸지 않은 사람은 아무것도 할 수 없고 아무것도 가질 수 없다. 그는 결국 아무것도 아니다.

❺❽ 규칙 없이 떠도는 세상 문화는 양심의 기준이 될 수 없다. 민감한 양심에 따라 규칙을 정하고, 그 규칙에 따라 각자의 소명을 좇아야 한다.

❺❾ 사회를 이끌어 갈 고상한 도덕 규칙이 없으면 미래는 암울하다. 미래를 내던지지 말라.

❻⓿ 굳은 도덕적 양심은 개인적, 직업적 삶에 좋은 변화를 일으킨다. 건강한 감성이 자랄 수 있는 정신적 토양이 만들어지기 때문이다.

❻❶ 건강한 감정은 투명한 양심에서 시작된다. 죄책감 대신에 자유를 얻은 사람은 움츠린 어깨를 펴고 웃으며 살아간다.

❻❷ 굳은 양심이 있는 사람은 자신을 믿는다. 자존감과 자신감은 건강하

고 안전하고 만족스러운 삶을 낳는다.

❻❸ 감정이 건강하면 긍정적인 행동이 많이 나타난다. 남의 말에 귀를 기울이고 웃고 사랑하며 남의 선한 면을 본다.

❻❹ 모순을 그냥 두는 사람은 멋진 가능성으로부터 도망치는 겁쟁이다. 삶 속의 모순을 찾아내라. 안을 냉정하게 들여다보라.

❻❺ 비좁고 단단한 자기 생각을 깨뜨리거나 타협할 마음이 드는 순간, 우리는 미숙한 인간에서 성숙한 인간으로 도약한다.

❻❻ 좋은 타협은 눈앞의 상황을 넘어 전체 그림을 본다. 배우자나 협력자 사이에 긴장이 흐를 때 뒤로 물러나 전체 그림을 보면 돌파구가 보인다.

❻❼ 성공하고 싶기에 고집을 부리지 않으리라. 옳은 일을 하고 싶기에 고집을 부리지 않으리라. 좋은 타협은 자기를 낮춘다는 뜻이다. 그러면 자연스레 진실한 인격이 자리를 잡는다.

❻❽ 죽어가는 세상에 살아계신 하나님이 계신다. 그분은 우리를 위해 영생의 땅을 예비해 놓으셨다. 이것이야말로 인생 최대의 모순을 멋지게 풀어내는 창조적 해법이다.

❻❾ 예수님은 도저히 믿어지지 않는 모순을 꿰뚫어 보셨다. "나를 믿는 자는 죽어야 비로소 살리라."

❼⓪ 예수님은 우리에게 말씀하신다. "나는 부활이요 나를 믿는 자는 죽어도 살겠고……" 이만한 믿음이 있는 자는 결코 미래를 내던지지 않는다.

❼❶ 믿음은 연결하는 힘이다. 사람과 사람을 연결하고, 아이디어를 성과로, 계획을 가능성으로 연결시킨다.

❼❷ 믿음은 선하거나 악한 가치를 전달한다. 인간이 악에 믿음을 두면 죽음이나 파멸이 찾아온다.

❼❸ 불가지론은 이도 저도 아닌, 주위를 맴도는 미로다. 반면 헌신은 목적지로 직행하는 고속도로다.

❼❹ 믿는 삶이야말로 최선의 삶이요 진정한 삶이다. 나는 내 삶에서 역사하는 믿음의 소리에 귀 기울이리라. 나는 내 삶에서 역사하는 믿음을 버리지 않으리라.

❼❺ 예수님은 "내가 곧 길이요 진리요 생명이니⋯⋯"라고 말씀하셨다. 당신도 이 믿음을 선택해 보라. 생명을 구하게 될 것이다.

❼❻ 집중하라! 꿈을 무너뜨릴 힘은 오직 자신에게만 있다. 스스로 자기 소명을 반대하지 않는 한, 다른 사람의 반대는 치명적인 문제가 아니다.

❼❼ 목표 달성, 소명 실현, 성공, 목적 달성, 비전 완성, 소면 완성, 꿈 실현. 뭐라고 부르던 간에 성공의 길에는 한 가지 원칙이 있다. '집중'이다.

❼❽ 목표 감각을 흐트러뜨리는 사람은 어디에나 있다. 하지만 어떤 경우든 목표를 잃어서는 안 된다.

❼❾ 긍정적인 열성은 전염성이 있다! 열정은 머뭇거리던 방관자를 끌어들이는 놀라운 힘이 있다. 어디선가 도움의 손길이 나타나 우리의 등을 밀어 주리라.

⑧⓪ 오직 예수님만이 내 영혼의 선장님이시다. 더 멀리, 더 넓게 보시는 절대자에게 키를 맡겨야 한다. 그분은 내 운명의 주인이시다.

⑧① 당신의 운명은 모르겠지만 한 가지 확실한 게 있다. 섬길 길을 찾는 사람만이 진정한 행복을 얻는다.(알베르트 슈바이처)

⑧② 인생을 즐기고 남을 사랑하며 하나님이 주신 믿음을 남들과 나누는 사람이 바로 스타이다.

⑧③ 지금 이 순간! 바로 이 순간에 선한 욕망을 실천에 옮길 수 있을 때 좀더 좋은, 좀더 발전된 세상을 맞이하리라.

⑧④ 이익을 추구하는 과정이 선으로 이루어질 수 있도록 끊임없이 노력하는 사람은 분명 위대한 성공을 이룰 것이다.

⑧⑤ 신은 인류에게 '욕망'이라는 달란트를 주셨다. 인간은 자신의 욕망이 곧 달란트라는 사실을 일찌감치 발견해 이를 적극 활용했기 때문에 만물의 영장이 될 수 있었다.

⑧⑥ 위대한 성공이란 조화를 이룬 풍경이며, 사랑이라는 달란트가 이 같은 성공에 기회를 열어 주는 힘으로 작용한다.

⑧⑦ 사람이 만나고 헤어지는 작은 풍경 하나하나에도 얼마나 많은 의미와 가치가 깃들어 있는가!……

⑧⑧ 당신은 기회를 부여하는 '사랑'이라는 달란트를 갖고 있는가? 그리고 그 달란트가 세상에서 가장 아름답고 위대한 기회를 창출한다는 사실을 아는가?……

⑧⑨ 동전을 서로가 서로의 손을 맞잡을 수 있는 선의 의미로 쓰일 때

비로소 그 따뜻한 동전이 누구에게나 새로운 기회를 열어 주는 아름다운 달란트가 될 것이다.

❾⓪ 다른 사람의 의미를 빼앗아 이룬 성공은 제아무리 눈부시고 화려하다 할지라도 얼마나 초라하고 누추한가!…….

❾① 마음은 눈에 보이지 않는다. 하지만 그 마음의 아름다운 쓰임은 언제 어디서나 환한 빛을 발한다.

❾② 사람과 사람이 아름답게 기대어 있을 때 비로소 사람(인)을 이룰 수 있다. 이를 가능케 하는 것이 바로 사랑이다. 두 사람이 서로의 삶을 합치는 데 사랑보다 더 위대한 조건은 없다.

❾③ 누구나 위대한 성공을 이룰 수 있는 달란트를 갖고 있다. 그런데 단지 그 달란트를 적극적으로 활용하지 못하여 위대한 성공으로 이끌지 못하고 있을 뿐이다.

❾④ 위대한 성공은 평범한 성공 너머에 존재한다. 그곳에 이르는 길을 밝혀 줄 빛나는 등불이 바로 자신에게 주어진 달란트다.

❾⑤ 진정한 성공이란 참된 의미를 베풀고 함께 나누는 데 있는 것이 아닐까?……

❾⑥ 사랑은 자기 혼자만 향유하는 보석이 아니다. 헝겊으로 기운 사랑일지라도 누군가와 함께 나눌 수 있을 때 비로소 사랑은 세상을 가장 아름답게 비추는 것이다.

❾⑦ 세상에는 욕망을 확장해 나가는 사람들이 잇고, 욕망을 정화해 나가는 사람들이 있다. 위대한 성공은 욕망을 정화해 나가는 사람들의

몫이다.

❾❽ 내가 가진 달란트를 어떻게 쓸 것인가가 위대한 성공과 행복을 결정할 것이다.

❾❾ 진정한 성공은 자기 자신을 고갈시키는 것이 아니라 자기 자신과 조화를 이루는 것이다.

❿ 서로 치받으며 모함하고 피 흘리는 경쟁자가 아니라 함께 호흡하고 함께 땀을 흘리고 함께 달릴 수 있는 사람이 되라.

⓫ 위대한 성공과 행복 모두 사람이 짓는 일이요, 사람의 곁에서 생겨나는 축복이리라. 할렐루야.

인생철학

저 강가에 선 금빛 버드나무

석양의 새색시 같고,

물 위에 비친 아름다운 그림자

내 마음속에 출렁인다.

강 밑바닥 푸른 연꽃

유유히 물 밑에서 손짓하고,

케임브리지의 부드러운 물결 속에

나는 기꺼이 수초가 되리라.

(중국 '쉬즈모' 가 케임브리지대학교 유학 때 쓴 것임)

❶ 성공에는 두 가지 조건이 반드시 필요하다. 사유하는 능력과 행동하는 능력이다. 인간의 정신은 토양과 같다. 계획을 세우고 부지런히 땅을 갈면 어떤 땅이든 풍부한 수확을 올리는 좋은 밭으로 개간할 수 있다.(토머스 존 왓슨)

❷ 모든 선택에 보답이 뒤따르지는 않는다. 무엇을 선택했느냐가 중요하다. 만약 선행을 선택했다면 부와 행복을 얻을 수 있을 것이다. 그러나 만약 악행을 선택했다면 진실한 삶의 의미를 잃게 된다.(로버트 스티븐슨)

❸ 사랑이란 대가를 바라지 않는 일종의 선행이며, 세심한 배려이고, 영원한 근심거리이기도 하다. 사랑은 아주 작은 것에서 시작되지만 하늘과 신을 감동시킬 수 있다.(애니 센터백)

❹ 아름다움을 즐길 줄 모르는 사람은 고상한 인품을 배양할 수 없다.

우리 주변과 일상은 온갖 아름다운 것으로 가득하지만 이것을 발견하고 즐길 줄 아는 사람은 많지 않다.

❺ 나무가 아무리 크더라도 한 그루만으로 온 천지를 뒤덮을 수는 없다. 마찬가지로 인간도 혼자서는 살 수 없다. 원하든 원하지 않든, 이 세상을 살아가려면 반드시 타인과 교류해야 한다.(윌리엄 번버크)

❻ 쾌락은 고통에서 만들어진다. 쓴맛을 알아야 단맛을 알 수 있듯이, 고통을 이겨낸 사람만이 비로소 진정한 쾌락의 의미를 알 수 있다.(스티븐 골드윈)

❼ 진정한 강자가 되기 위해서는 자신의 장점과 약점을 적절히 이용할 줄 알아야 한다. 장점을 제대로 이용하지 못하면 오히려 약점이 되고, 약점도 제대로 이용하면 인생 최고의 무기가 된다.(월터 스위프트)

❽ 희망을 잃지만 않는다면 비록 가난하더라도 절대 초라하지 않다. 적극적으로 자신의 성공을 꿈꾸는 사람이라면 가난할 때에도 희망의 씨앗을 심을 줄 안다.(엠브로스 브레히트)

❾ 지혜와 용기를 겸비해야 성공할 수 있다. 지혜는 용기의 기본이자 전제조건이다. 지혜롭지 않은 용기는 무모하다. 용기가 없으면 지혜를 표현할 수 없으니 지혜는 결국 무용지물이 되고 말 것이다.(베르토 빌즈)

❿ 성공을 사회적 지위로 판단하지 말라. 성공은 우리가 도달한 위치가 얼마나 높고 대단하느냐로 결정되는 것이 아니라 몇 번이고 쓰러져도 다시 일어날 수 있는 용기로 평가되어야 한다.(세실 파킨슨)

❶❶ 피하지 말고 문제를 직시하라. 깊이 생각하면 문제를 해결할 방법을 반드시 찾을 수 있다.

❶❷ 틀에 박힌 사고방식은 사람을 속물로 만든다. 정형화된 사고의 틀에서 벗어나지 못한다면, 성공의 길은 절대 열리지 않는다.

❶❸ 꿈은 인간에게 무한한 에너지를 제공한다. 이 에너지는 매우 신비로울뿐더러 누구도 거부할 수 없는, 세상에서 가장 강력한 힘이다.

❶❹ 예나 지금이나 인생이란 결코 순풍에 돛단배처럼 평화롭기만 할 수 없다. 위대한 성공은 언제나 수많은 고통과 실패를 겪은 후에야 얻을 수 있다.

❶❺ 일생 동안 우리 곁에 다가온 기회는 수없이 많지만 대부분 우리가 머뭇거리는 사이 그냥 지나가 버리고 만다. 기회는 그 즉시 잡지 못하면 영원히 다시 오지 않는다.

❶❻ 당신의 인생은 당신이 어떤 선택을 하느냐에 따라 달라진다. 모든 사람들이 각기 다른 선택을 하므로, 이 세상에는 수없이 다양한 인생이 존재한다.

❶❼ 인생은 바다를 항해하는 배와 같다. 목표를 향해 나아가면서 도중에 좌초되거나 침몰하지 않으려면 반드시 무게를 줄여야 한다.

❶❽ 돈을 선택했을 때 록펠러는 생명을 잃을 위기에 처했다. 그래서 그는 다시 생명을 선택했고, 이를 통해 무한한 기쁨과 행복을 얻었다.

❶❾ 누군가에게 고맙다는 말을 기대하지 않고 베풀 때 진정한 행복을 찾을 수 있다. 사랑은 대가를 바라지 않는 헌신이다.

❷⓿ 사랑한다는 이유로 상대에게 상처를 주지 말라. 존중의 의미를 아는 사랑, 상대가 필요로 하는 사랑이야말로 진정한 사랑이다.

❷① 다른 사람이 나에게 베풀어 준 은혜는 영원히 기억하고, 다른 사람에 대한 증오는 깨끗이 잊어라.

❷② 자신의 이상과 목표를 정확히 아는 사람만이 버릴 수 있는 용기와 지혜를 발휘한다. 포기의 묘미를 이해할 수만 있다면 우리에게는 이제까지와 전혀 다른 새로운 세상이 펼쳐질 것이다.

❷③ 어두운 밤길을 홀로 걷는 것처럼 외롭고 두려울 때, 아름다운 희망의 꽃 한 송이를 건네주며 활짝 웃어 줄 사람은 다름 아닌 우리 자신이다.

❷④ 일상에서 아름다움을 발견하는 법은 의외로 아주 간단하다. 언제나 아름다움을 생각하고 아름다움을 추구하면서 늘 아름다움과 함께 하라.

❷⑤ 조바심치지 말라. 자연의 법칙에 따라 살아갈 수만 있다면 세상은 자연스럽게 아름다워진다.

❷⑥ 당신의 인생을 아름답게 만들어 주는 것은 아름다운 외모가 아니라 아름다운 마음과 생각이다.

❷⑦ 인생이 언제나 선하고 아름답기만 할 수 없다. 그 안에 장점과 결함이 공존하기에 더 자연스럽고 값진 것이다.

❷⑧ 완벽하지 않다고 자신을 탓할 필요는 없다. 진실한 자아를 찾기 위해서는 그 안에 포함된 결점까지고 받아들일 줄 알아야 한다.

㉙ 아무리 빼어나게 멋진 나뭇가지라도 그것 하나만으로는 봄이 왔음을 알 수 없다. 울긋불긋 온갖 꽃들이 만발해야 비로소 완연한 봄기운을 느끼게 된다.

㉚ 우리 삶 속에는 순수함을 간직한 여러 가지 아름다움이 있다. 이런 다양한 아름다움이 공통적으로 지니는 특징이 바로 '존중'이다. 남을 존중할 줄 아는 사람은 그 사람의 마음까지 얻을 수 있다.

㉛ 원만한 인간관계를 이루고 싶은가? 그렇다면 상대방으로 하여금 자신이 중요한 존재임을 느끼게 해 주어라. 그러면 상대방은 다시 당신을 만족시켜 줄 것이고, 당신은 자신의 가치를 더 크게 느끼게 될 것이다.

㉜ 미약한 힘이라도 절대 무시하지 말라. 그 미약한 힘이 당신의 인생을 바꾸는 결정적인 요인이 될 수도 있다.

㉝ 자신이 남보다 낫다는 생각은 버려라. 남을 탓하기 전에 먼저 자신을 돌아보고 반성하라.

㉞ 아무리 뛰어난 능력을 지녔어도 개인의 능력만으로는 성공할 수 없다. 지금보다 더 발전하고 싶다면 배움의 뿌리를 넓게 뻗어라.

㉟ 진정한 즐거움이란 마음이 기쁨으로 가득한 상태로, 이것은 인간 내면에서 일어나는 생명에 대한 강한 애착이기도 하다.

㊱ 당신은 어디에서든 웃고 기뻐할 수 있다. 쾌락은 당신이 태어날 때부터 가지고 있는 권리이기 때문이다.

㊲ 성숙한 사람은 자신의 쾌락을 스스로 결정할 수 있다. 지금 당신의

열쇠는 어디에 있는가?

❸❽ 곤경에 빠졌다면 먼저 자신을 이겨내는 방법을 찾아라. 얼어붙은 마음을 녹이고 스스로를 이겨내야 새롭게 다시 시작할 수 있다.

❸❾ 슬퍼할 권리를 버려라. 고통 속에서도 비관하지 않는 사람은 고난을 이겨내고 거기서 벗어날 수 있다.

❹⓿ 약점이 오히려 장점이 되는 예는 아주 많다. 자신의 약점을 저주한다면 약점은 당신에게 확실한 본때를 보여줄 것이다.

❹❶ 신념은 에너지의 원천이며, 승리의 초석이다. 당신의 마음속에 맑은 샘물에 대한 신념이 있다면 사막의 메마른 모래도 시원한 물이 될 수 있다.

❹❷ 진정한 강자는 정신적인 강자, 절대 굽힐 줄 모르는 불굴의 투지를 지닌 사람을 뜻한다.

❹❸ 위대한 인물의 뒤편에는 언제나 수많은 시련이 있다. 고난과 시련은 성공한 사람들에게 주어지는 하늘의 선물이다.

❹❹ 원석을 갈고 닦아 반짝이는 보석을 만들어 가듯 자신을 단련시켜라. 오랫동안 갈고 닦아 빛을 뿜어내는 당신의 광택은 무엇으로도 가릴 수 없다.

❹❺ 물질적인 가난은 두려워할 필요가 없다. 정신적으로 가난한 것이 정말로 두려운 것이다.

❹❻ 가난은 인간의 의지를 강하게 키워 준다. 강한 의지로 심리적 부담감을 이겨낸다면 가난의 벽을 허물고 희망의 낙원으로 갈 수 있다.

❹ 자신의 모든 행동에 최선을 다하는 사람은 그 노력 속에서 자신의 능력을 더 크게 키울 수 있고, 내면에 잠재된 고귀한 인품을 발견하게 된다.

❹ 행복해지고 싶다면 기억하라! 돈은 만능이 아니다. 단지 목표를 달성하기 위한 도구일 뿐이다.

❹ 젊은 당신, 가난을 핑계로 인생을 낭비하지 말라. 우리 모두에게는 성공을 거머쥘 책임과 의무가 있다.

❺ 성공적인 결과는 지혜와 용기가 모두 갖추어져야만 가능하다. 둘 중 하나만 없어도 성공은 불가능하다.

❺ 인간은 생각할 수 있기 때문에 인간이다. 지혜는 생각하는 사람의 몫이라는 사실을 늘 새겨야 한다.

❺ 세상의 문제들은 사실 조금만 생각하면 그리 어렵지 않게 해결할 수 있다. 순간적인 기지와 지혜로운 행동은 행복한 인생과 목표성취의 초석이다.

❺ 거침없이 전진하는 이에게만 기회의 문은 열린다. 계획한 것을 얻을 때까지 미래를 향해 도전장을 던져라.

❺ 가치 있는 모험일수록 신중해야 한다. 예측 가능한 변수를 따져보고 실패의 확률을 최소화할 수 있는 방법을 강구해야 한다.

❺ 용기는 지혜를 만들어 낸다. 어떤 어려운 순간이 닥쳐도 겁내지 말고 침착하게 용기가 지혜를 만들어 내기를 기다려라.

❺ 우리는 실패를 통해 무엇을 배울 수 있는가? 실패를 잘 정리할 수

있는 사람은 자신의 앞길을 가로막고 있는 모든 장애물을 성공의
초석으로 만들 수 있다.

❺❼ 넘지 못할 산도 없고, 건너지 못할 강도 없다. 단지 자신의 능력을
믿지 못하는 사람들이 많기 때문에 '고난'이라는 말이 넘쳐나는 것
이다.

❺❽ 삶은 노동의 연속이고, 노동은 곧 삶을 대변한다. 따라서 게으른 인
간은 실패의 심연에 빠질 수밖에 없다.

❺❾ 언제 성공이 다가올지 아는 사람은 아무도 없다. 성공은 언제나 생
각하지 못한 곳에서, 생각지 못한 순간에, 생각지 못한 모습으로 나
타난다.

❻⓪ 인격을 검증하는 가장 좋은 방법은 그 사람이 실패를 겪고 나서 어
떻게 행동하는지 보는 것이다.

❻❶ 행동과 노력은 발전의 원천이자 유일한 비결이다. 인생의 진정한 완
성은 끝없는 도전으로만 얻을 수 있다.

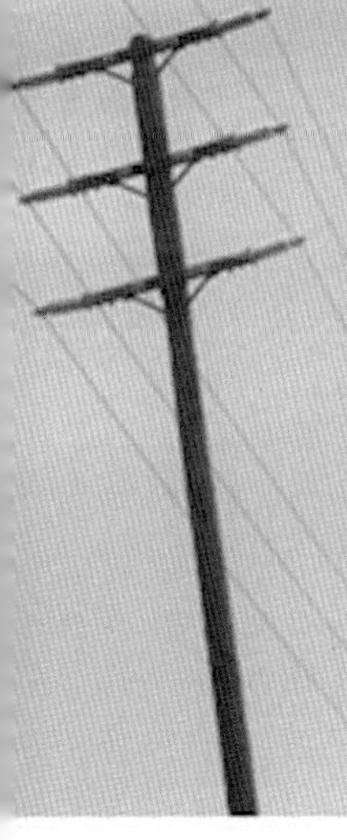

벤저민

'벤저민 프랭클린의 삶의 원칙'

절제: 몸이 무겁고 나른할 때까지 먹지 말고, 취할 때까지 마시지 않는다.

침묵: 남과 나에게 이롭지 않은 말은 하지 않는다.

근면: 시간을 허비하지 않고 늘 유익한 일을 한다.

검약: 미래를 위해 좋은 일을 하는 것 이외에는 돈을 쓰지 않는다.

성실: 해로운 책략은 꾸미지 않고, 결백하고 공평한 사고방식을 갖는다.

중용: 극단적인 행위는 피한다. 상대가 부당하다고 해서 그만큼 해를 입히지는 않는다.

평온: 우연한 일이나 불가피한 일에 화를 내지 않는다.

순결: 성은 건강과 자손을 위해서만 사용한다. 몸이 약해질 정도로 탐닉하지 않는다.

질서: 물건은 제자리에 놓고, 일은 알맞은 순서에 따라 한다.

* 미국인이 워싱턴이나 링컨보다도 더 존경한다는 벤저민 프랭클린(1706 ~ 1790) 그는 미국 독립의 주역으로 헌법 기초를 마련한 인물이다. 그는 미국식 민주주의 초석을 다진 정치가이자 뛰어난 문학작품을 남긴 작가였고, 피뢰침과 가로등을 발견한 과학자였으며, 미국 최초의 공식적인 외교관이었고, 보다 나은 사회를 위해 애쓴 사회운동가였으며, 교육자이자 언론인, 체육인이기도 했다. 그는 독립선언서, 프랑스와의 동맹조약, 영국과의 평화협정서, 헌법초안 등 미국을 탄생시킨 4개 문서에 모두 서명을 한 유일한 인물이다. 프랭클린은 스스로 성공의 공식이 됐고, 또한 그 성공을 스스로 뛰어 넘은 사람이다. 프랭클린의 삶의 원칙 몇 가지는 지금도 미국인들이 책상머리에 붙여 놓을 정도라고 한다.

(신문에서 인용함)

❶ 부자로 살다가 죽었다는 말보다 남을 위해 유익한 삶을 살다가 갔다는 말을 듣고 싶다.(벤저민 프랭클린)

❷ 시련을 당하면 웃어 넘겨라. 기회 앞에서 절박하라. 배움을 탐하라. (철강왕 '카네기')

❸ 사랑만큼 사람을 변화시키고 사랑만큼 사람을 감동시키는 건 없다. 사랑하라.

❹ 쟁반은 그 소리에 의해 흠의 유무를 알고, 사람은 그 말에 의해 지혜의 유무를 안다.(레모스데니스)

❺ 남에게 베푼 '배려'는 행복과 성공으로 돌아온다. 다른 사람을 위한 배려는 바로 나 자신을 위한 배려다.

❻ 남을 도울 수 있으면 힘껏 도우라. 그리고 도와준 일에 대해 절대로 나팔을 불면 안 된다.('록펠러'의 어머니가 한 말)

❼ 정다운 내 집이 없으면 온 세상일지라도 커다란 감방에 지나지 않는다.(카일리)

❽ 일하는 것이 즐거울 때 인생은 기쁜 것이고, 일하는 것이 의무일 때 인생은 노예와 같은 것이다.(막심 고리키)

❾ 서로의 필요한 부분을 채워주고 도와주는 것이야말로 가장 귀한 선물이요, 사랑을 몸소 실천하는 것이다.

❿ 우리가 태어나기를 선택하지 못했다. 그러나 어떻게 살 것인지는 선택할 수 있다.

⓫ 내가 인생에서 단맛과 쓴맛을 뽑아낸다면, 그것은 내가 단맛과 쓴맛을 심었기 때문이다.(아마도 네르보)

⓬ 기회는 모든 사람들의 문을 두드리지만, 그 노크 소리는 집중하는

사람만 들을 수 있다.

❸ 인생에는 정답이 없지만 현명한 답은 있으며, 현명한 답을 많이 알수록 삶이 유쾌해진다.

❹ 행복과 성공을 원한다면 지금 당장 웃는 것부터 시작하라. 웃고 살면 인생대박, 징징 짜면 인생쪽박!…………

❺ 항상 옳은 일을 하라. 그러면 몇몇 사람은 고마워할 것이고, 나머지는 깜짝 놀랄 것이다.(마크 트웨인)

❻ 최선의 생각을 품으라. 최선의 말을 하라. 최선을 다해 일하라. 그리고 자신의 양심으로 인정받으라.(앤서니)

❼ 비관론자는 매번 기회가 찾아와도 고난을 본다. 낙관론자는 매번 고난이 찾아와도 기회를 본다.(영국 수상 처칠)

❽ 마음의 실타래를 풀지 않는 한 행복은 없고, 세상이 불공평하다며 고개를 떨어뜨리고 있는 사람은 태양을 볼 수 없다.

❾ 삶은 하나의 모험이다. 그것을 시도하라. 삶은 행복이다. 그것의 주인이 되라. 삶은 생명이다. 그것을 보호하라.

⓴ 멋진 실패에는 상을 주고, 평범한 성공에는 벌을 주라.(세계 3대 경영석학 톰 피터스)

㉑ 우리 인생을 향해 성공의 말을 선포하라. 말에는 엄청난 창조의 힘이 있다.

㉒ 마음만 먹으면 행복해질 수가 있고, 결심만하면 강하게 일어설 수가 있다.

㉓ 죽을 때 장의사조차도 애도하고 싶어 할 정도로 의미 있게 값지게 살아야 한다.(마크 트웨인)

㉔ 견디기 힘든 일을 견뎌 내면 그 일을 떠올릴 때마다 유쾌해진다.(세네카)

㉕ 거대한 파도는 모든 것을 가져가지만, 내일에 대한 희망만은 가져가지 못한다.

㉖ 큰 사람일수록 장애물이 작게 보이고, 작은 사람일수록 장애물이 크게 보인다.(세론 듀몬)

㉗ 복되고 선한 일을 기대하는 작은 습관이 100배의 결과를 선물한다.(조엘 오스틴)

㉘ 우리가 비록 태어나고 죽는 것을 '선택'할 수는 없지만, 그 사이에 있는 모든 것들은 '선택'할 수 있다.

㉙ 타인에게 베푼 작은 사랑이 돈으로도 갚을 수 없는 큰 재산이 될 것이다.

㉚ 좋은 사람이란 모세혈관까지 '사랑'이라는 피가 쉬지 않고 24시간 돌아가는 멋진 사람이다.

㉛ 아무것도 하지 않아 녹슬어 없어지는 인생이 되지 말고, 열심히 일하여 닳아서 없어지는 인생이 되라.

㉜ 가장 심각한 병은 나병이나 암이 아니라, 소외되고 외로운 자들에 대해 무관심한 것이다.(노벨 평화상 수상자 인도의 '테레사 수녀')

㉝ 꿈이 있는 사람은 반드시 빛을 본다. 다만 그 시기가 좀 이르거나 늦을 뿐이다.

㉞ 나는 생각과 말의 힘을 발견한다. 생각을 바꾸면 세상을 바꿀 수 있다.(노먼 빈센트필)

㉟ 오늘부터 당장 베푸는 삶을 시작하라. 베푸는 법을 배우기 전에는 사는 법을 배웠다고 할 수 없다.

㊱ 성공을 향해 슛을 쏘라. 당신이 쏘지 않은 슛은 100% 골대로 들어가지 않는다.(웨인 그레츠키)

㊲ 선을 베푸는 데 너무 빠른 경우는 없다. 순식간에 너무 늦은 상황이 되기 때문이다.(랠프 에머슨)

㊳ 기회는 반드시 찾아온다. 실력 없는 자에겐 잠자고 있을 때 오고, 실력 있는 자에겐 눈을 부릅뜨고 있을 때 온다.

㊴ 인생은 짧고 마음을 기쁘게 해 줄 시간이 충분하지 못하니, 사랑을 신속히 하고 친절하기를 서두르라.(아미엘)

㊵ 작은 상인은 재물에 투자하고, 큰 상인은 사람에 투자한다.

㊶ 자신만을 위해 곱게 화장을 한 고운 손보다는, 남을 위해 일하느라 거칠어진 손이 얼마나 더 아름다운가!……

㊷ 누구나 마음가짐에 따라서 인생은 꽃 마당이 될 수도 있고, 험악한 지옥이 될 수도 있다.

㊸ 조직의 비전과 개인의 비전이 조화를 이루게 되면, 조직도 개인도 행복해진다.(김쌍수 LG부회장)

㊹ 복은 말로 표현되기 전까지는 복이 아니다. 당신의 인생과 가정, 친구와 미래에 대해 복을 선포하라.

❹❺ 비위에 맞을 때 하는 수천 번의 감사보다, 이와 어긋날 때 드리는 감사가 더 값지다.(아빌라)

❹❻ 주님께서 주신 달란트를 최대한 활용하여 남에게 즐거움과 유익과 행복을 주는 행복의 바이러스에 감염되라.

❹❼ 긍정적인 생각은 안중근, 부정적인 생각은 이완용, 긍정적인 생각은 주님, 부정적인 생각은 마귀이다.

❹❽ 날마다 충전해야 하는 것은 핸드폰만이 아니다. 우리도 날마다 하나님으로부터 은혜의 충전을 받아야 한다.

❹❾ 우리 인생의 최대 영광은 한 번도 실패를 하지 않는 데 있는 것이 아니고, 넘어질 때마다 다시 일어나는 데에 있다.(고울드 스미드)

❺⓿ 오늘 만나는 사람들 세상에서 가장 행복하게 해 주리라. 오늘 만나는 사람들은 모두 나를 좋아하게 되리라.

결단의 순간들

❶ 사람과의 관계나 목표, 자신의 꿈보다도 하나님을 첫 번째에 두라. 그러면 완전한 성취를 거둘 수 있다.(스기하라 치우네)

❷ 강한 사람이 있는 곳엔 약한 사람이 있다. 이것은 우리가 서로서로를 필요로 하며 더 나아가 그분을 필요로 한다는 것을 확실하게 알게 하시는 주님의 방법이다.(윌이엄 B.월튼)

❸ 우리가 직면하기 두려운 진리와 직면할 수 있다면, 진리는 가장 강력한 재산이 된다.(짐 발바노)

❹ 하나님은 모든 살아 있음의 근원이시다. 우리가 생명을 존중할 때 그것이 바로 하나님께 영광을 돌리는 일이다.(데이비드 리스트머)

❺ 크리스천의 삶은 수많은 전쟁의 연속이다. 그러나 예수 그리스도는 이미 궁극적인 승리를 거두셨다.(레지 화이트)

❻ 불가능한 일을 하려고 할 때, 하나님을 초대하고 도움을 요청한다면, 그분은 우리가 상상할 수 있는 것을 뛰어넘어 더 놀랍게 그 일을 이루어내신다.(리처드 닐)

❼ 우리는 종종 축복의 진가를 깨닫지 못해 이를 놓치게 된다.(데이브 코넬손)

❽ 지체된다는 것은, 하나님의 능력이 우리의 삶뿐 아니라 다른 사람의 삶과 환경에도 작용하고 있음을 의미한다.(리 벅)

❾ 우리는 고통 받은 만큼 다른 사람을 위로할 수 있다. 그럴 때 비극이 준 충격을 극복하고 정신적인 행복감을 누리게 된다.(샤론 어피어)

❿ 좌절은 오히려 비옥한 토양이 된다. 이곳에서 하나님의 최상의 기회

가 뿌리내리고 자라고 열매를 맺기 때문이다.(조 델로치)

⓫ 인간적인 능력으로 하나님의 일을 방해하면 하나님께서는 때로 우리를 무력하게 만들어 버리기도 하신다.(마비스 프레이저)

⓬ 슬픔 때문에 어쩔 줄 모르겠다면, 이를 삶의 단단한 기반으로 삼아 우리 삶을 재설계할 수 있다.(셰논 샷)

⓭ 우리가 한계에 이르렀을 때 비로소 하나님은 최선을 다하신다.(빌 바우어만)

⓮ 포기는 감정의 반응이지만, 끈기는 행동의 원리이다.(조지 버워)

⓯ 고통은 거룩하신 하나님과 영원한 관계를 가지도록 하기 위해 우리를 깨끗하게 만드는 영적 도가니다.(척 벅크)

⓰ 고통은 평범한 삶을 특별한 소망의 메시지로 바꾸는 데 탁월한 능력을 가지고 있다.(래리 알포드)

⓱ 고통은 우리를 쓰라리게도 하고 아름답게도 한다. 선택은 오직 우리에게 달려 있다.(존 예)

⓲ 하나님의 사랑을 나타낼 수 있도록 당신을 내어드릴 때, 당신의 손은 하나님의 손이 된다.(마가렛 픽포드)

⓳ 문제에 관해 어떻게 느끼느냐가 중요한 것이 아니라, 느낀 것에 대해 어떻게 반응하고 행동하느냐가 중용하다.(피터 밀러)

⓴ 우리가 서로서로를 사랑할 때, 우리는 우리의 창조자를 경배하게 된다.(짐 뉴먼)

㉑ 우리가 하나님의 일을 할 때, 하나님께서 우리를 통해 일하신다. 우리는 반드시 성공할 수 있다.(존 그리샴)

㉒ 다른 사람에게 다가가는 일은 사랑에 굶주린 세상에 하나님의 사랑을 가져오는 것이다.

㉓ 길을 가다 멈춰 서서 장미꽃 향기를 맡아 보라. 가만히 좀더 오래 거기 머물러 있어 보라. 그러면 장미꽃이 자라나는 놀라운 과정에 감탄하게 될 것이다.(바바라 롱워스)

㉔ 하나님은 이미 당신을 천국에 합당한 영광스럽고 새로운 피조물로 보고 계시며, 그렇게 믿고 계신다.(레스 브라운)

㉕ 영원한 생명을 믿는 사람은, 최상의 것은 아직 도래하지 않았음을 안다.(찰스 듀크)

㉖ 분노는 인간의 자만심을 불러일으킨다. 갈등상황에서 사랑으로 대하면 하나님의 강력한 능력이 우리를 통해 나타난다.(어느 레슬링 코치)

㉗ 사랑은 하나님의 병기고에 잇는 가장 강력한 무기이다. 이 무기는 미움을 없애고 악을 극복한다.(밀턴 허쉬)

㉘ 이해하지 못하는 것을 받아들이는 것은 배움의 문을 여는 것이고, 성장의 문을 여는 것이다.(레드 바버)

㉙ 하나님의 사랑은 부활의 능력이다. 어둠과 죽음의 세계에 있던 우리에게 사랑을 주심으로 빛과 생명을 세계로 이끄신다.(톰 스키너)

㉚ 시장에서 가치 있는 상품은 바로 사람이다.(존 디 버츠)

㉛ 주님에 대한 믿음이 작아지면 작아지는 만큼 두려움이 커진다. 어느

하나가 증가하면 다른 하나는 감소하게 마련이다.(메리 슬레서)

❸❷ 동정심을 가진다는 건 근심하는 사람들에게 진정어린 관심이 있다
는 뜻이며, 그들의 근심을 우리 것으로 만들었다는 의미이다.(조니
버 덴젤로)

❸❸ 예수님은 우리를 용서하셨다. 그리고 풍성한 생명을 우리에게 주시
기로 결정하셨다.(스티브 마리오티)

❸❹ 하나님께서 보여주시는 대부분의 기적은, 절대로 이루어질 수 없는 것
처럼 보여 그분께 구할 생각조차 못하는 것들이다.(마가렛 파워즈)

❸❺ 위기가 덮치기 전에 인생의 우선순위를 제대로 정했는지 살펴보는
것이 현명하다.(버트 해밀턴)

❸❻ 하나님께서 우리를 세상의 더 높은 자리에 두셨을 때에야말로 우리
는 그분을 위해 더 밝은 빛을 비출 수 있다.(마이클 클라우스맨)

❸❼ 하나님은 우주를 관할할 정도로 큰 분이시지만, 우리 마음에 거할
정도로 작아지기도 하신다.(프랭크 피터스)

❸❽ 죄와 결점은 우리가 하나님을 사랑하지 않고 자신을 위해 살아갈
때 더욱 드러난다.(에드워드 톰슨)

❸❾ 하나님을 만난 사람들은 그분이 전능하시고 경이로우시며 무한히
신비롭다는 사실을 깨닫는다.(데니스 아이젠하르트)

❹⓿ 하나님은 침묵하지 않으신다. 우리는 그분의 메시지를 들어야 하고,
기꺼이 들으려 해야 한다. 그리고 그 말씀에 순종해야 한다.(노먼
윌리암스)

❹❶ 하나님의 말씀이 우리 마음을 감동시키실 때면 마치 그분이 내 귀에 대고 나에게만 속삭이시는 것 같다. 우리는 그분의 목소리를 듣는다. 그래서 우리는 믿게 된다.(사무엘 반포)

❹❷ 전심으로 하나님을 구하는 사람은 반드시 그분을 만난다.(배리 테일러)

❹❸ 천사는 하나님의 메신저이다. 하나님은 천사들을 보내 하나님이 무조건적으로 우리를 사랑하신다는 기쁜 소식을 알게 하신다.(레이 바넷)

❹❹ 예수님 안에서의 새로운 삶은, 평생토록 진행되는 긴 성장 과정의 시작일 뿐이다.(필 아귈라)

❹❺ 인생은 많은 부산물을 낳는데 긍정적인 가치관이야말로 하나님의 능력에 의해 영적으로 바뀐 귀한 부산물이다.(에이브러햄 링컨)

❹❻ 스스로 감정을 통제할 수 있다고 기대하지 말라. 감정에 대해 책임지는 것은 오로지 하나님의 도움으로 가능하다.(알 카샤)

❹❼ 하나님에게서 분리되는 모든 것이 죄의 원인이 된다.(리처드 파렐)

❹❽ 하나님은 당신이 태어나기 전부터 당신을 사랑했다. 단지 그때의 당신은 하나님 마음속에 생각으로 존재해 있었다.(크리스 아카부시)

❹❾ 하나님을 만났을 때야말로 우리는 우리가 정말 하찮은 존재이며 그분이 얼마나 전능하신지 진정으로 깨닫게 된다.(밴 브루너)

❺⓿ 하나님의 말씀은 그분 자신과 우리 자신, 또 그분의 일하시는 방법에 관해 말씀하신 것이다.(리처드 곤잘레스)

❺❶ 성경은 처음부터 끝까지 예수 그리스도를 통해 하나님에 대한 인류의 불순종과 인류에 대한 하나님의 사랑과 용서를 말하고 있다.(바

비 맥과이어)

❺❷ 하나님은 결코 우리에게서 떠나지 않으신다. 우리가 자기 자신이나 우리의 문제, 우리의 욕망에 초점을 둠으로써 그분에게서 떠날지라도 말이다.(윌리 아모스)

❺❸ 하나님은 당신의 뜻을 이루시기 위해, 우리의 소망 가운데 일하신다.(칼 루이스)

❺❹ 하나님의 권위에 복종할 때 희망과 평안과 만족을 누리게 된다.(잭 애커드)

❺❺ 하나님의 실체를 믿는다면 우리는 믿음으로 사는 삶을 살아갈 수 있다.(프랭클린 D. 하우저)

❺❻ 진정한 능력이란 우리의 연약함을 통해 일하시는 하나님의 힘이다.(데이비드 링)

❺❼ 하나님에게 무릎을 꿇는 것은 겸손한 행동이다. 그러나 이 행동은 우리의 삶에 큰 능력과 잠재력을 끌어들인다.(진 엘러비)

❺❽ 하나님의 생각은 우리보다 높으며 그분의 목적은 측량할 수 없다.(디노 인드레아디스)

❺❾ 마음의 평안을 바라고 하나님과 관계를 지키고 싶은 사람이라면, 수많은 사람들로부터 받는 박수갈채와 환호, 놀라운 성취 등으로는 만족하지 못한다.(로지 그리어)

❻⓪ 예수님은, 하나님의 영이 그분의 능력과 그분의 임재로 우리를 가득 채우시는 것을 가능하게 하셨다.(마이크 가트너)

❻❶ 거짓된 신은 다른 게 아니다. 우리의 마음을 점령하는 모든 것, 믿음을 약하게 하거나 감정에 영향을 끼치는 그 어떤 것도 우리 삶에서 거짓된 신이 될 수 있다.(라빈드라나스 마하라지)

❻❷ 간절히 원하는 것을 하나님 앞에 내려놓기 전까지, 어쩌면 그것은 우리 불행의 가장 큰 원인이 될 수 있다.(존 블루)

❻❸ 우리는 하나님의 자녀라고 말할 수 있는 권리를 가졌으며 하나님은 그분의 자녀들을 지혜와 사랑과 은혜로 돌보아 주겠다고 약속하셨다.(덕 섯픈)

❻❹ 세상의 그 무엇도 예수 그리스도의 터 위에 자신의 계획과 목적, 후손을 세우는 사람들을 파괴할 수 없다.(탐 랜드리)

❻❺ 하나님의 인도하심에 순종하는 것은 우리가 할 일이고, 우리가 순종할 수 있도록 선한 일을 만드시는 것은 그분이 할 일이다.(존 그레이엄)

❻❻ 감정적 나약함을 극복할 수 있을 때, 성공할 수 있는 확률은 더욱 높아진다.(덕 마레트)

❻❼ 받아들임을 통해 감사할 수 있게 되고 감사함을 통해 기쁨을 누릴 수 있다.(에마 봄백)

❻❽ 위대한 아이디어를 실현하기 위해서는 다른 훌륭한 사람들의 도움이 필요하다.(오빌 레덴바허)

❻❾ 사랑과 존경심은 사람들에게 동기를 부여하는 가장 강력한 요소다.(필 잭슨)

❼⓪ 하나님은 우리의 어려운 상황에 대해서 모두 알고 계실 뿐만 아니라 그 상황이 우리에게 유익이 되도록 설계하신다.(팀 베넷)

❼❶ 하나님 앞에서 자신을 완전히 낮출 때, 사랑과 겸손으로 다른 사람들을 섬기는 자신을 발견하게 된다.(로버트 슐러)

❼❷ 하나님의 부르심에 동의할 때, 우리가 하는 모든 것은 예배의 한 형태가 된다.(데이비드 아이크만)

❼❸ 우리는 오직 하나님만 기쁘시게 하는 삶을 살도록 부르심 받았다. (나오미 주드)

❼❹ 때때로 질병은 하나님이 쓰시는 도구가 된다. 질병이 주는 고통과 인내의 과정을 통해 하나님은 우리 영혼을 아름답게 조각하신다.(레라 갈버트)

❼❺ 하나님과의 관계를 열망하는 꿈은 100퍼센트 성취된다.(보티아 시걸)

❼❻ 우리가 복수를 거부했을 때, 참된 재판관이신 예수님께서는 우리에게 정의와 긍휼을 위임하신다.(빌 매카트니)

❼❼ 삶의 모든 일을 성령께서 하신 일로 받아들일 때, 우리는 용서할 수 없는 어떤 상황이나 격렬한 감정을 극복하고 이를 거부할 힘을 얻는다.(프랭크 패튼 2세)

❼❽ 우리의 상처나 공포가 얼마나 큰지는 문제가 안 된다. 이는 하나님의 사랑 앞에서 모두 사그라지기 때문이다.(데니스 코널리)

❼❾ 문제에 정면으로 맞서는 것에 대한 두려움은 인간관계를 파괴하는 살인자와 같다.(타카시 나가세)

❽❿ 예수님은 하나님께 자신의 생명을 대가로 주시고 우리의 죄를 용서 받게 하셨다. 예수님은 우리가 똑같은 관대함으로 다른 사람을 용서 하길 기대하신다.(아돌프 쿠어스)

❽① 용서하지 못해 생기는 분노는 잔인하거나 냉혹하기까지 하다. 이런 식의 분노는 특히 자신이 사랑하는 사람들에게 상처를 준다.(폴 슈 왈츠)

❽② 천국의 가치를 지키기 위해서는 우리 안의 공격성을 내려놓아야 한 다.(프랭크 쉐리)

❽③ 고통은 절대 감춰지지 않는다. 하나님은 우리에게 고통의 원인을 알 려주시고, 우리 삶에서 그 고통을 사라지게 만드신다.(스탠 미킨스)

❽④ 사업에서 최우선순위는 하나님을 기쁘시게 하는 일이다.(도널드 세 이버트)

❽⑤ 우주를 창조하신 분의 능력에 의지할 수 있는데, 왜 우리는 자신을 의지하는가? (오빌 예이츠)

❽⑥ 하나님의 시간은 완전하다. 그분은 시간을 주관하시며 결코 실수하 지 않으신다.(데이비드 제이컵슨)

❽⑦ 예수님께 마음의 문을 연다 하더라도 지성의 문을 닫을 필요는 없 다.(조쉬 맥도웰)

❽⑧ 하나님은 돈에 관심이 없으시다. 그분은 전적으로 그분의 것인 우리 의 마음에 관심이 있고, 또한 하늘의 보물에 가치를 두고 살아가고 있는 우리의 영혼에 관심을 가지신다.(로니 스벤하드)

❽❾ 우리는 헌신을 통해 신실함을 드러낼 뿐이다. 하나님께서 홀로 그 일을 완성하신다.(미카엘라와 오거스토 오돈)

❾⓿ 하나님께서는 우리가 포기할 때에도 우리의 필요를 계속해서 채워 주신다.(대럴 월트립)

❾❶ 하나님께 순종하기 위해서는 결단력과 담대함, 훈련 그리고 순종을 통해 하나님을 기쁘시게 하고 싶다는 마음에서 우러나오는 강렬한 열망이 필요하다.(A. C. 그린)

❾❷ 일단 우리 자신을 드리기로 결정만 하면, 하나님은 우리에게 자신을 드릴 수 있는 기회를 마련해 주신다.(버디 콕스)

❾❸ 우리의 살아 있음 그 자체는 하나님께 속해 있다. 그분만이 우리에게 생명을 주시고, 그분만이 우리의 죽음을 다스리신다.(로버트 P. 케이시)

❾❹ 가난한 자를 바라보면서 마음이 아플 때, 하나님께 인도하심을 바라며 기도하라. 부족한 자들의 삶에 참여할 수 있도록 준비될 것이다.(토마스 바나도)

❾❺ 우리의 충성스러움에 대해 아무도 모르고 관심이 없을 때 하나님께서만은 이를 보고 계신다.(조지 C. 볼트)

❾❻ 하나님께 우리 가진 모든 것을 드린다는 말은, 그분이 일을 이루시도록 모든 필요한 것을 제공한다는 것이다.(존 조단)

❾❼ 참된 사랑은 계산하지 않고 주는 것이다.(로베르타 구아스페리 차바라스)

❾❽ 헌신은 감상이 아니다. 헌신은 목표를 실현하기 위해 꼭 필요한 행동 원리이다.(아놀드 스터트반트)

❾❾ 우리는 하나님이 외롭고 가난한 세상에 손을 뻗으실 수 있도록 부름 받았다.(프레드릭 리치몬드)

⑩⓪ 하나님의 일에 아낌없이 투자하는 것은 사업의 안정성을 보장받고, 공정한 거래를 가능하게 하며, 더 나아가 사업에서 엄청난 배당 수익을 약속받는 것이다.(사무엘 볼링 라이트)

⑩① 하나님은 우리 앞에서 싸우실 뿐 아니라 그분의 강력한 보호하심으로, 뒤에서 지키시고 둘러싸 주신다.(신디 딜론)

⑩② 하나님은 공적인 장소에서뿐 아니라, 약점이 은밀하게 드러나는 우리의 사적인 장소에서도 능력의 근원이 되기 원하신다.(조지 허먼 베이브 루스)

⑩③ 그분은 우리가 약할 때도 우리를 포기하지 않으시고, 우리가 그분의 힘을 의심할 때도 함께하신다.(네드 콜번)

⑩④ 하나님은 우리가 구하기 전에 이미 응답하신다. 그리고 하나님은 예비해 놓으신 응답을 들을 수 있도록 우리를 기도로 준비시킨다.(지미 로저스)

⑩⑤ 하나님께서는 우리를 돌보아 주겠다고 약속하셨다. 이에 대해 그분은 우리가 전심으로 그 약속을 신뢰하기 원하신다.(제임스 허드슨 테일러)

⑩⑥ 하나님께 불가능한 일은 없다.(잭 프로스트)

⑩ 우리가 자신을 속이는 데 익숙할 수 있다. 하지만 하나님께서는 우리가 그분을 계속해서 속이는 것을 허용하지 않으신다.(샘 허들스톤)

⑩ 하나님한테 온 비전은 불가능한 것들을 극복할 수 있게 한다.(테드 엥스트롬)

⑩ 우리가 다른 사람과 함께 기도하기로 했을 때 우리는 세상에 하늘의 능력을 작동시키는 영적 우정을 형성하게 된다.(허버트 힐머)

⑩ 하나님은 우리의 모든 필요를 공급해 주신다. 우리가 원하는 모든 것들을 다 검토해 보시고, 가장 최고의 것을 주시며, 최고의 것이 아니라면 주시지 않는다.(A. O. 피시)

⑪ 후회와 믿음은 양립할 수 없다. 우리가 하나님을 정말로 믿는다면 선한 일이든, 나쁜 일이든 모든 부분에서 하나님을 신뢰해야 한다. (루벤 푸엔테스)

⑫ 기도는 하나님의 임재를 연습하는 중요한 방법 중 하나이다.(R.데이비드 토마스)

⑬ 아이디어가 필요할 때 하나님께 도움을 구하라. 그리고 두루 잘 살펴보라. 아주 쉽게 아이디어를 발견하게 될 것이다.(밀턴 레빈)

⑭ 하나님께서 우리 삶을 다스린다는 것은 우리가 관심 갖는 세상의 모든 것에 천국의 능력이 영향을 미침을 보여 주는 것이다.(찰리 페이)

⑮ 바로 이 순간에도 하나님은 과거와 미래와 현재를 감찰하시며 당신의 인생에서 일하고 계신다.(잭 프라이스)

⑯ 우리가 그리스도의 형상으로 다시 만들어질 때 그분의 정직이 우리

인격의 일부가 된다.(빌 리어)

⑪ 돈과 사명, 인생의 참된 의미 사이에서 균형을 이룬다는 것은 평생 우리가 해야 할 과제다.(E. 마리 보디와 이디스 M. 그립톤)

⑱ 정직은 자신을 사랑하는 것처럼 이웃을 사랑하는 마음의 한 표현 방법이다.(클라우드 포스터)

⑲ 모든 사람은 귀하다. 왜냐하면 하나님의 아들이 십자가에서 우리 모두의 값을 지불하셨기 때문이다.(어느 할리우드 프로듀서)

⑳ 우리 모두는 무엇인가를 반드시 섬기게 된다. 다시 말해 참하나님을 섬기거나 우리 자신만의 신을 만들어 내거나 둘 중 하나이다.(데이비드 슈왈츠)

여호와 이레

❶ 진정 행복해지고 싶다면 생에 대해 질문을 던져라! 주저앉지 말고 일어서라! 문을 닫지 말고 밖으로 나가라! 생을 끊임없는 움직임 속에 두라!

❷ 당신의 신념, 당신의 원칙, 당신의 꿈, 당신의 생은 온전히 당신 자신의 결정입니까?…… 아니요, 하나님의 인도하심이오.

❸ 좋은 사람은 그 모세혈관까지 '섬김'이라는 피가 쉬지 않고 24시간 돌아가는 하나님의 사람이다.

❹ 나보다 앞서 가시는 하나님은 나를 위해 위대한 계획을 먼저 실행하고 계신다.

❺ 기쁨을 몇 곱절로 누리려면 당신이 하나님으로부터 받은 축복을 세어 보아라.

❻ 행복의 동행자이신 예수님 때문에 웃을 수 있어 행복합니다. 예수님만 바라보면 행복해집니다.

❼ 한 영혼을 주님께 인도할 수 있다면 내가 어디에 있든지 어떻게 살든지 무엇을 하든지 나는 관계치 않노라.

❽ 교회는 세상의 유일한 소망과 희망이다. 이 세상에 교회 외에는 대

안이 없다.(하용조 목사님 말씀)

❾ 사랑은 모든 것을 참으며 모든 것을 믿으며 모든 것을 바라며 모든 것을 견디느니라.(고린도전서 13장 7절)

❿ 나는 여호와를 인하여 즐거워하며 나의 구원의 하나님을 인하여 기뻐하리로다.(하박국 3장 18절)

⓫ 그리스도인의 삶은 밖으로 나가는 길이 아니라, 삶을 뚫고 지나는 길이다.(빌리 그레이엄 목사)

⓬ 아무것도 하지 않아 녹슬어 없어지는 인생이 되지 말고, 열심히 일하여 닳아서 없어지는 인생이 되라.

⓭ 깨끗하게 인격적으로 살면 손해 본다는 생각을 버려라 세상을 바꾸는 건 인격이다.(새무얼 스마일즈)

⓮ 돈이 없음을 걱정하지 말고 덕이 없음을 걱정하라! (벤저민 프랭클린)

⓯ 권력자의 줄을 붙잡는 것보다 하나님의 줄을 붙잡는 것이 훨씬 더 좋다.

⓰ "부자인 채로 죽는 것은 수치이다." (세계 최고의 철강왕 카네기의 말)

⓱ 시련을 당하면 웃어 넘겨라, 기회 앞에서 절박하라, 배움을 탐하라!(카네기)

⓲ 카네기는 전 재산의 90%를 사회에 환원함으로써 진정 하나님의 자녀의 길을 걸었다.

⓳ 하나님의 자비가 풍성함으로 죄를 계속 지어도 좋다는 것은 악마의 논리이다.

⑳ 죽음보다 죄를 더 두려워하는 사람이야말로 참다운 믿음의 소유자
이다.(야콥스)

㉑ 창공을 높이 나는 독수리는 강을 어떻게 횡단할지 염려하지 않는다.

㉒ 거대한 파도는 모든 것을 가져가지만, 내일에 대한 희망만은 가져가
지 못한다.

㉓ 섬길 줄 아는 자만이 다스릴 자격이 있다.(노벨평화상 수상자 테레
사 수녀가 미국국회에서 한 말임)

㉔ 폭풍우가 몰아치고 칠흑 같은 밤이 와도 등대 불빛만 있으면 목표
는 잃지 않는다.

㉕ 아무리 나약한 성도라도 무릎 꿇고 기도하는 것을 보면 사탄 마귀
는 벌벌 떤다.

㉖ 잘못한 것이 잘못이 아니라 그 잘못한 것을 반성하지 않고 고치지
않는 것이 잘못이다.(김수환 추기경)

㉗ 너희가 할 수 있는 모든 곳에서 너희가 할 수 있는 모든 일에 너희
가 할 수 있는 최선을 다해라.(김민경 통계청차장, 우리나라 최초 1
급 여성 공무원)

㉘ 삼성도 변하지 않으면 망한다. 세상을 바꾸는 힘은 중심을 놓치지
않는 믿음과 확신과 변화이다.

㉙ 자녀들아 우리가 말과 혀로만 사랑하지 말고 오직 행함과 진실함으
로 하자.(요한 1서 3장 18절)

㉚ 자랑하고 싶은 마음을 꾹 참는다고 해서 소화 불량에 걸리지는 않

는다.

❸❶ 옳은 가치 있더라도 실천할 의지 없다면 무슨 소용이 있으랴!

❸❷ 찬양은 믿는 자의 가슴에 파 놓은 고랑이다 이를 통해 하나님 영광의 물줄기가 흐른다.(핸슨)

❸❸ 기도 없이 그리스도인이 되려는 것은 숨쉬지 않고 살려는 것보다 더 불가능하다.(마르틴 루터)

❸❹ 값싼 기쁨이 만족하는 시대 속에서 하나님의 영광스러운 기쁨의 길을 발견하라.

❸❺ 확신에 넘치는 그리스도인은 입술보다는 삶을 우선하고 혀보다는 손이 빠르다.(토마스 브룩스)

❸❻ 기쁨이란 하나님이 자신의 모든 영역을 통제하고 있다는 깊은 확신의 표현이다.(실햄머)

❸❼ 사람이 지치는 것은 부지런히 움직일 때가 아니라 아무것도 하지 않을 때이다.(새무얼 스마일즈)

❸❽ 샘물이 아무리 맛이 있다 해도 깨어진 그릇으로는 샘물을 효과적으로 마실 수가 없다.

❸❾ 만군의 여호와께서 말씀하시되 이는 힘으로 되지 아니하며 능으로 되지 아니하고 오직 나의 신으로 되느니라.(스가랴 4장 6절)

❹⓿ 사람의 마음에는 많은 계획이 있어도 오직 여호와의 뜻이 완전히 서리라.(잠언 19장 21절)

❹❶ 마음의 평안과 영혼의 생명수를 주시는 주께 기도할 수 있어 행복

합니다. 주님이 내 기도를 들으시니 샬롬입니다.

❷ 하나님은 우리가 믿고 있기만 하면 그 믿는 것에 대해 책임져 주신다.

❸ 모이는 것이 시작이고 함께 있는 것이 과정이고 협력하는 것이 성
공이다.

❹ 하나님은 나이를 묻지 않는다. 하나님은 꿈을 향해 뛰는 사람을 원
하신다.

❺ 무엇이 나의 길인가, 어떤 결정이 최선인가, 인생은 자신의 선택을
쌓아놓는 것이다.

❻ 서로 주고받는 것은 삶의 한 부분이다. 물질적이든 정신적이든 서로
주고받는 것은 아름답다.

❼ 묵상은 마음과 영혼을 죄악된 생각으로부터 지켜 주는 것이다.(윌리
엄 브리지)

❽ 길이 없으면 길을 만들어서라도 가는 것이 창조적 삶이다. 그것이
살아 있음이요, 생명력이다.

❾ 길이 있어 내가 가는 것이 아니라, 내가 감으로써 길이 생기는 것이다.

❿ 너는 하나님과 화목하고 평안하라 그리하면 복이 네게 임하리라.(욥
기 22:21)

❺❶ 희망은 인간을 성공으로 인도하는 신앙이다. 희망이 없으면 아무것
도 이룰 수 없다.(헬렌 켈러)

❺❷ 돈을 벌기 위해서 머리가 있다면, 돈을 훌륭히 쓰기 위해서는 마음

이 있다.(앙드레 지드)

❸ 누구나 성공의 길은 열려 있다. 거부하지 않는 한, 인생의 변화는 반드시 일어난다.

❹ 하나님의 자비가 풍성함으로 죄를 계속 지어도 좋다는 것은 악마의 논리이다.

❺ 죽음보다 죄를 더 두려워하는 사람이야말로 참다운 믿음의 소유자다.(야콥스)

❻ 오직 선을 행함과 서로 나눠 주기를 잊지 말라. 이 같은 제사는 하나님이 기뻐하시느니라.(히브리서 13장 16절)

❼ 결정을 내릴 때 무엇보다도 그 결정을 주관하시는 하나님의 주권에 겸손히 순종해야 한다.(게리프리슨)

❽ 마귀의 궤계를 능히 대적하기 위하여 하나님의 전신갑주를 입으라. (에베소서 6장 11절)

❾ 잘못한 것이 문제가 아니라 그 잘못한 것을 반성하지 않고 고치지 않는 것이 잘못이다.(김수환 추기경)

❿ 삼성도 변하지 않으면 망한다. 세상을 바꾸는 힘은 중심을 놓치지 않는 믿음과 확신과 변화이다.

⓫ 감사하는 마음 밭에는 실망의 씨가 자랄 수 없다.(쉐퍼)

⓬ 생의 마지막에 이르면 오히려 감사하라. 하나님이 거기 계신다.(하코헨)

❸ 우리 믿음이 올바른 길로 최선의 빛을 발하면 곧 주님께 충성하는 것이다.(찰스 스펄전)

❹ 하나님은 인내와 소망과 사랑을 주시기 위해 '기도'라는 응접실로 우리를 초대하신다.(세실)

❺ 인내로 기다리는 것이 하나님의 뜻을 수행하는 가장 고상한 길이다.(코리어)

❻ 열성의 지렛대는 우주를 움직이고, 추녀 물이 십년 동안 한곳에 떨어지면 바위에 구멍을 낸다.

❼ 우리는 일 년 후면 다 잊어버릴 슬픔을 간직하느냐고 무엇과도 바꿀 수 없는 소중한 시간을 버리고 있습니다. 소심하게 굴기에 인생은 너무나 짧습니다.(카네기)

❽ 생애의 마지막에 이르면 오히려 감사하라. 하나님이 거기 계신다.(하코헨)

❾ 하나님과 이야기하라. 하나님은 당신의 이야기를 듣고 싶어 하신다.

❿ 마음의 변화가 행동의 변화를 가져온다. 주님의 인도하심으로 날마다 새롭게 변해야 한다.

⓫ 두 사람이 싸울 때 먼저 싸움을 포기하는 자가 더 고상한 사람이다.(탈무드)

⓬ 현명한 사람의 입은 가슴에 있고 어리석은 사람의 마음은 입에 있다.(솔로몬 왕)

⓭ 오늘은 당신의 남은 인생의 첫 번째 날이다. 이는 언제나 변함없는

진리다.(아메리칸 뷰티에서)

❼❹ 꿈만 꾸고 있기에는 인생이 너무 짧다. 돈과 쾌락은 저축하고 열정과 실천은 인출하라.

❼❺ 신앙이 건강할 때 소망은 결코 병들지 않는다.(존 번연)

❼❻ 절망은 언제나 아래로부터 오며 소망은 언제나 위로부터 온다.(에미 카미엘)

❼❼ 나는 오늘 해야 할 일이 많기 때문에 기도하는 시간을 갖기 위해서 한 시간 더 일찍 일어난다.(마르틴 루터)

❼❽ 꿈을 날짜와 함께 적어 놓으면 그것은 목표가 되고, 목표를 잘게 나누면 그것은 계획이 되며, 그 계획을 실행에 옮기면 꿈은 실현되는 것이다.

❼❾ 자비를 베푸는 것은 하나님을 본받는 것이며, 사탄을 실망시키는 것이다.(요한 크리소스톰)

❽⓪ 그리스도인은 나누지 않고 소유하는 데서 기쁨을 얻지 못한다.(세네카)

❽❶ 사랑이 기적을 낳지 않는다면, 아무도 사랑을 숭상하지 않을 것이다.(간디)

❽❷ 당신이 주님의 발 앞에 엎드린다면, 주님은 당신을 팔로 안아 주실 것이다.(윌리엄 브리지)

❽❸ 기도와 사랑에 빠져라. 그러면 하나님과 사랑에 빠진다.

❽❹ 큰 집에 산다고 거만 떨지 말고, 지하 셋방에 산다고 기죽지 마세

요. 우리 집은 예루살렘이요, 우리 집은 하나님이 계세요.(하용조 목
사님 말씀)

⑧⑤ 고난이 문제가 아니라 그 고난을 이길 만한 비전이 없는 것이 문제
이다.(하용조 목사님)

⑧⑥ 우리가 이웃을 사랑하는 그때 우리 생활의 근원이 되시는 성령이
우리에게 나타나신다.(에미 카미엘)

⑧⑦ 출발점에서 목표지까지 그리스도인이 나아가는 길은 믿음으로 이루
어진다.(C. H. 매킨토쉬)

⑧⑧ 내일 햇빛 비치는 천국에서 영원히 살려면, 오늘 하나님의 외아들
예수님을 영접해야 한다.

⑧⑨ 남에게 베푼 '배려'는 행복과 성공으로 돌아온다. 다른 사람을 위한
배려는 바로 나 자신을 위한 배려다.

⑨⓪ 거룩한 경건에는 부단한 노력이 필요하지만, 지옥에 가기 위해 연습
할 필요는 없다.(김남준 목사님)

⑨① 나는 오늘 해야 할 일이 많기 때문에 기도하는 시간을 갖기 위해서
한 시간 더 일찍 일어난다.(마르틴 루터)

⑨② 영혼의 변화는 한순간의 기적이지만, 성도의 성장은 일생의 과업이다.

⑨③ 최고의 성경 주석은 하나님의 말씀을 실행하는 사람이다.

⑨④ 지금 그리스도께 당신의 생명을 드리면 영원한 영생을 얻게 된다.

⑨⑤ 의롭게 됨: 우리 속에 있는 죄가 떠나고 주님의 선하심을 받는 것.

㉖ 타인의 고통에 얼마나 민감한지가 우리가 예수님과 얼마나 닮았는지에 대한 하나의 잣대이다.

㉗ 하나님이 말씀하셨다. 나는 그 말씀을 믿는다. 그러면 된 것이다.

㉘ 당신은 오직 당신만의 방법으로 하나님께 영광을 돌리도록 만들어진 유일무이한 존재이다.

㉙ 인생을 명확히 보는 방법은 오직 그리스도에게 초점을 맞추는 것뿐이다.

⑩ "내 앞에서 낮추라. 그러면 높여 주리라."라고 주님은 약속하셨다. 주님께 항복하라. 그러면 행복하다.

⑪ 무슨 일을 하든지 마음을 다하여 주께 하듯 하고 사람에게 하듯 하지 말라.(골로새서 3장 23절)

명품

❶ 명품을 부러워하는 인생이 되지 말고 하나님 앞에서 내 삶이 명품이 되게 하라.

❷ 손쉬운 삶을 위해 기도하지 말고 더 강한 사람이 되게 해 달라고 기도하라.

❸ 왕이건 농부이건 가정에서 행복을 찾을 수 있는 사람이 가장 행복하다.(괴테)

❹ 날마다 하나님을 감동케 하라, 나의 능력으로는 불가능해도 하나님께서 도우시면 역사는 일어난다.

❺ 국민들이 물이나 불에 빠지면 노무현 대통령은 그것을 마치 자기가 물이나 불에 빠진 것처럼 생각해야 한다.

❻ '부자들의 뇌'는 보통 사람들의 뇌와 어떤 차이가 있는 것일까? 누구나 '성공하는 뇌'로 바꿀 수 있다.

❼ 작은 보살핌과 돌봄은 지친 나그네에게 건네는 한 모금의 물과 같아 생명수가 된다.

❽ 다른 사람을 위해서 작은 일을 할 수 있는 마음만 있으면 주님을 위해서 큰일을 할 수 있다.

❾ 선행을 행함으로 의롭게 되지는 않지만, 우리가 의롭게 되면 선을 행하게 된다.(윌리엄젠킨)

❿ 자기 자신만을 위해 화장을 한 고운 손보다는 남을 위해 일하느라 거칠어진 손이 얼마나 더 아름다운가!

⓫ 당신은 창조력 자체이다. 행복과 불행의 선택은 당신의 몫이다. 사고방식을 바꾸면 당신은 삶의 주인공이다.

⓬ 나 같으면 하나님께 구하고 내일을 하나님께 의탁하리라.(욥기 5장 8절)

⓭ 사랑은 물처럼 흐르고 나누는 것. 둑 쌓고 내 물은 나만 마시겠다고 고집하면 썩어서 도태하게 마련이다.

⓮ 인간은 마음의 주인이요 인격의 창조자이다. 자신을 바꿀 용기가 있는 자만이 현실을 바꿀 수 있다.

⓯ 해변을 떠날 용기가 없다면 결코 새로운 바다를 발견할 수 없다.

⓰ 개가 짖는다고 기차가 멈출쏘냐! 목적이 분명하면 넘어지지 않는다.

⓱ 야망이 없으면 열정이 없고 준비하지 않으면 기회는 없다. 희망을

노래하라.

❽ 두 개의 화살을 가지고 다니지 말라. 두 번째 화살이 있기 때문에 첫 번째 화살에 집중할 수가 없다.

❾ 쇳덩이 같은 생각을 황금덩이 생각으로 바꾸어라. 그리고 간절히 원하라. 꼭 이루어진다.

❿ 살면서 얼마나 남을 용서했는가에 따라서 하나님은 당신을 용서할 것이다.

㉑ 세월은 누구에게나 공평하게 주어진 자본금이다. 이 자본금을 잘 이용한 사람에겐 승리가 있다.(아뷰난드)

㉒ 시간의 흐름에는 세 가지가 있다. 미래는 주저하면서 다가오고, 현재는 화살같이 날아오고, 과거는 영원히 정지하고 있다 (실러)

㉓ 나는 오늘 너무 바빠서 더 많이 기도하지 않으면 안 된다. 주님이 도와주시지 않으면 이 많은 일들을 해결할 수 없기 때문이다.(루터)

㉔ 다른 사람이 당신보다 행복하다는 사실이 당신을 괴롭힌다면 당신은 결코 행복해질 수 없을 것이다.(세네카)

㉕ 지혜로운 자의 마음은 그 입술을 슬기롭게 하고 또 그 입술에 지식을 더하느니라.(잠언 16장 23절)

㉖ 너희 염려를 다 주께 맡겨 버리라 이는 저가 너희를 권고하심이니라.(벧전 5:7)

㉗ 너희는 마음에 근심하지 말라 하나님을 믿으니 또 나를 믿으라.(요한복음 14:1)

❷❽ 아무것도 염려하지 말고 오직 모든 일에 기도와 간구로 너희 구할 것을 감사함으로 하나님께 아뢰라.(빌립보서 4장 6절)

❷❾ 말로만 미래의 변화, 창조를 얘기하지 말라. 틀을 부숴라. 그러면 성공이 열린다.

❸⓪ 달빛을 보고 감사하는 사람에게는 햇빛을 주시고 햇빛을 보고 감사하는 사람에게는 구원의 빛을 주신다.

❸❶ 가지는 흔들릴 수 있지만 뿌리는 결코 흔들릴 수 없는 것이 기독교인의 삶이다.

❸❷ 하나님의 부르심에 응답하는 것은 인생의 가장 위대한 모험이요 가장 멋진 여행이다.(오스기니스)

❸❸ 태도만 바뀌어도 성공으로 한 발자국 나아갈 수 있다. 승리하기를 원하는 자는 결단코 포기하지 않는다.

❸❹ 당신의 재산은 가난한 사람들에게, 당신의 영적인 유산은 자녀들에게, 당신의 마음은 하나님께 드려라.

❸❺ 보거든 만져라, 만지거든 느껴라, 느끼거든 사랑하라, 사랑하거든 나누어라.

❸❻ 하나님께서도 당신의 성공을 원하신다. 위대한 성공을 그려라.

❸❼ 나에게 잃은 것을 한탄하는 시간보다는 나에게 주어진 것을 감사하는 시간이 부족할 뿐이다.(헬렌 켈러)

❸❽ 나는 여호와를 인하여 즐거워하며 나의 구원의 하나님을 인하여 기뻐하리로다.(하박국 3장 18절)

❸❾ 나눌 것은 돈만이 아니다. 열정을 나누어라, 꿈도 나누어라, 기쁨도 슬픔도 함께 나누어라.

❹⓿ 시간에 따라 녹슬고 사라져 가는 것이 세상의 순리라면, 처음보다 끝이 좋은 것이 성경의 순리요, 시작은 미약하지만 끝은 창대한 것이 복음의 역사이다.

❹❶ 이 세상 누구도 생명이신 예수님을 믿고 천국을 소유한 우리보다 더 큰 부자는 없다.

❹❷ 나는 언제나 희망과 사랑이 어려움을 극복해 준다고 믿는다. 그리고 슬픔의 유일한 치료제는 나눔이며 희망과 사랑이 그 어떤 전쟁과 죽음보다도 더 강하다는 걸 나는 믿는다.(탤런트 김혜자 권사님의 말)

❹❸ 기독교인은 분명히 세상의 소금과 빛이 되어야 한다. 그러나 그것이 자신의 부엌만 필요한 소금이요, 자신의 침실만 밝히는 빛이라면 이 는 진정으로 하나님의 뜻이 아닐 것이다.

❹❹ 살다가 하나님 나라에 갈 때 장의사조차 애도하고 싶어 할 정도로 세상을 의미 있고 값지게 살아라.(마크트웨인: 미국)

❹❺ 행복하기 때문에 웃기보다는 웃기 때문에 행복해야 한다. 웃음으로 남에게 행복을 주라.

❹❻ 변영돈이 대답하여 가로되 주는 그리스도시요 살아계신 하나님의 아들이시니이다.(마태복음 16장 16절)

❹❼ 나라가 흔들리는 고난의 시간은 우리를 기도의 자리로 초대하시는

하나님의 초청장이시다.

48 하나님께서는 이기적 삶을 청산하고, 하나님과 이웃을 위해 살 것을 촉구하신다.

49 네 시작은 미약하였으나 네 나중은 심히 창대하리라.(욥기 8장 7절)

50 무슨 일을 하든지 마음을 다하여 주께 하듯 하고 사람에게 하듯 하지 말라.(골로새서 3장 23절)

(51) 과거가 아무리 어둡다 해도 그리스도와 함께하는 미래는 밝다.

(52) 하나님의 계획에는 당신이 포함되어 있다. 당신의 계획에는 하나님이 포함되어 있는가?

(53) 당신을 구하려고 돌아가신 그분은 결코 당신을 버리지 않으신다.

(54) 소금 같은 그리스도인은 사람들로 하여금 생명수이신 예수님을 갈망하게 한다.

(55) 마음의 변화가 행동의 변화를 가져온다.

(56) 기쁨을 몇 곱절로 누리려면 당신이 하나님으로부터 받은 축복을 세어 보아라.

(57) 우리는 대부분 죄에 대하여 원시이다. 남의 죄는 잘 보지만 자기 자신의 죄는 보지 못한다.

(58) 그리스도를 닮는 것보다 더 매혹적인 것은 없다.

(59) 어제의 그늘 속에 살지 말고 오늘의 빛과 내일의 희망 속에 걸어가라.

(60) 기도하는 마음으로 서경을 펴서, 주의 깊게 읽고, 기쁘게 순종하라.

❻❶ 거짓말은 비겁한 자가 위기를 모면해 보려고 하는 시도이다.

❻❷ 인생의 가장 큰 착각 중의 하나는 죄의 대가가 없다고 믿는 것이다.

❻❸ 가장 화평케 하는 자는 하나님의 평화를 아는 사람들이다.

❻❹ 우리가 하나님의 능력에 의지할 때 우리의 약점은 축복이 된다.

❻❺ 예수님은 우리가 그분과의 교제를 원하는 것보다 훨씬 더 우리와의
교제를 원하신다.

❻❻ 진정한 자유는 그리스도께 순종함으로 찾을 수 있다.

❻❼ 인생의 폭풍우를 이기려면 만세 반석에 정박해야 한다.

❻❽ 금은 도움이 되는 하인이 될 수도 있지만 잔인한 주인이 될 수도
있다.

❻❾ 하나님은 우리의 어려움을 가지고 우리를 더 좋게 만드신다.

❼❿ 적을 굴복시키는 가장 확실한 방법은 그를 친구로 만드는 것이다.

❼❶ 예수님을 따르기로 선택할 때 우리의 온 삶의 방향이 바뀌게 된다.

❼❷ 남은 날들을 손꼽지만 말고 그날들을 가치 있게 살아라.

❼❸ 주님의 빛이 당신의 삶 속에 나타날 때 사람들을 그리스도께 인도
할 수 있다.

❼❹ 그리스도의 죽음은 당신에 대한 하나님 사랑의 척도이다.

❼❺ 하나님과 이야기하라. 그분은 당신의 얘기를 듣고 싶어 하신다.

❼❻ 주님이 가까이 계신 것을 알 때 어떤 두려움에도 맞설 수 있다.

❼❼ 예수님은 만나는 것이 천국에서의 가장 큰 기쁨일 것이다.

❼❽ 다른 사람을 볼 때 원망하는 마음이 생기지만 하나님을 바라볼 때 만족함을 얻는다.

❼❾ 주님의 빈 무덤은 우리를 희망으로 가득 차게 한다.

❽⓿ 죽음에 대한 준비가 되어 있지 않으면 삶에 대한 준비를 할 수 없다.

❽❶ 인생의 폭풍은 믿음의 강도를 드러낸다.

❽❷ 우리는 고난이라는 학교에서 신뢰라는 교훈을 배운다.

❽❸ 우리의 마음은 그리스도 안에서 휴식을 취해야만 안식을 얻는다.

❽❹ 인생이 맷돌이라면 이것으로 성품을 다듬어라.

❽❺ 금지된 열매에 유혹받지 않으려면 마귀의 과원에 가까이 가지 말라.

❽❻ 그리스도를 사랑하는 사람에게는 길 잃은 이들에 대한 사랑이 있다.

❽❼ 주님을 찬양하려면 먼저 마음을 주님께 맞춰라.

❽❽ 그리스도인들에게는 영원한 작별이란 없다.

❽❾ 새로 밝는 하루하루가 하나님을 찬양할 이유를 부여한다.

❾⓿ 가장 나은 삶을 살려면 매 순간을 그리스도를 위해 살면 된다.

❾❶ 그리스도는 고통스러운 시련을 영광의 승리로 바꾸실 수 있다.

❾❷ 당신은 승리할 수밖에 없다. 고난을 믿음으로 해석하기 때문이다. 믿음의 영웅이 되라.

❾❸ 이 시대 위기와 좌절의 얼룩진 부분을 희망과 열정으로 지워라!

❾❹ 희망보다 높은 파도는 없다. 이 세상에 희망을 넘어선 파도는 아직

없다.

95 거대한 파도는 모든 것을 가져가지만, 내일에 대한 희망만은 가져가지 못한다.

96 하나님께서도 당신의 성공을 원하신다. 위대한 성공을 그려라.

97 말로만 미래의 변화, 창조를 얘기하지 말라. 틀을 부숴라. 그러면 성공이 열린다.

98 나에게 잃은 것을 한탄하는 시간보다는 나에게 주어진 것을 감사하는 시간이 부족할 뿐이다.(헬렌 켈러)

99 만일 내가 비라면 물이 없는 곳으로, 만일 내가 옷과 음식이라면 세상의 헐벗고 배고픈 이들에게 먼저 갈 것입니다.

100 사람의 마음은 정원에 비할 수 있다. 제대로 경작할 수도 있고 멋대로 버려둘 수도 있다. 그러나 경작이든 버려두든 반드시 뭔가가 자라게 되어 있고 실제 그렇게 된다.(제임스 앨런)

101 사랑하는 자여 네 영혼이 잘됨같이 네가 범사에 잘되고 강건하기를 내가 간구하노라.(요한3서 1장 2절)

믿음

"골다공증, 이럴 때 검사해 보세요."

* 나이 든 여성이 스스로 키가 줄었다고 생각할 때
* 앉았다 일어설 때 혹은 자고 일어났을 때 허리나 다리에서 뻐근하거나 소리가 날 경우
* 누운 채로 전혀 일어나지도 못할 때
* 허리와 엉덩이가 아프고 동시에 다리를 절 때
* 거동은 하지만 몸 여기저기가 쑤시면서 키가 줄어드는 느낌이 들 때
* 얼굴에 기미가 끼고 피부가 검어지는 증상이 생길 때

"골다공증, 이렇게 예방하세요."

* 적절한 체중을 유지한다. 즉, 지나치게 살을 빼는 것은 뼈에 좋지 않다.
* 칼슘과 비타민 D를 함께 섭취한다.
* 과다한 운동은 해로울 수 있다. 매일 속보로 30분 정도 걷는 것이 가장 좋다.
* 계단, 빙판 등에서 넘어지지 않도록 주의한다.
* 흡연은 삼가고 음주는 소주 한 잔 정도로 적당하게 한다.
* 콜라, 커피 등 카페인 음료는 소변을 통해 칼슘 흡수를 방해하므로 피한다.
* 식이섬유는 칼슘 흡수를 방해하므로 같이 먹지 않는다.
* 채소를 많이 먹는다.
* 뼈엉성증은 조기에 발견할수록 치료도 잘된다.
* 다른 환자들과의 대화를 통해 도움을 받는다.

❶ 믿음은 우리 속에 다음의 세 가지를 일으킨다. 비전, 모험, 승리.(Ridout)

❷ 고난은 단지 하나님의 은총의 날개 아래 드리워지는 그늘에 불과하다.(Macdonald)

❸ 악이 처음에는 아무리 아름답게 보일지라도 결국은 비애의 황무지로 인도하고 만다.(톰슨)

❹ 실수하는 것은 인간이요, 용서하는 것은 신이시다.(Pope)

❺ 내가 구원 얻은 것은 내가 공작이기 때문도 아니요, 왕의 부친이기 때문도 아니다. 오직 죄인이기 때문이다.(컨트 공작)

❻ 하나님은 우리가 믿고 있기만 하면 그 믿는 것에 대해 책임져 주신다.(김경선)

❼ 겸손한 자는 언제나 하나님을 안내자로 모신다.(버넌)

❽ 교만과 은총은 결코 한곳에 같이 살지 않는다.(Kelly)

❾ 이기주의는 손대는 것마다 모두 오염시키는 병이다.

❿ 영혼의 순결은 결코 본인의 동의 없이 타락될 수 없다.(Augustine)

⓫ 짐을 주신 하나님은 짐을 멜 어깨도 주셨다.(Yiddish Proverb)

⓬ 탐욕은 모든 것을 얻고자 하나 실은 모든 것을 잃는다.(La Fontaine)

⓭ 중상모략에 대한 최선의 대답은 침묵이다.(Johnson)

⓮ 오늘의 승리가 내일 패배의 씨앗을 가져오지 않도록 주의하라!(Sockman)

⓯ 사랑이 없는 가슴을 가질 때, 우리는 죄로 가득 찬 머리를 가지게 된다.(토마스 왓슨)

❶❻ 쟁반은 그 소리에 의해 흠의 유무를 알고, 사람은 그 말에 의해 지혜의 유무를 안다.(레모스데니스)

❶❼ 만약 그대가 등대가 될 수 없다면 양초라도 되도록 하라.(무디)

❶❽ 몸에 맞는 옷을 입기보다는 양심에 맞는 옷을 입어라.(톨스토이)

❶❾ 겸손은 은총이면서 동시에 은총을 담는 그릇이다.(존 트랩)

❷⓿ 모든 거짓을 버리라. 비록 작은 거짓이라 할지라도 굴뚝의 재갈이 흉한 것이다.(존 러스킨)

❷❶ 인간의 고난을 감소시키기 위한 참된 방법은 타인의 고난을 위로하는 것이다.(맹뜨농)

❷❷ 비록 하나님이 운전하시는 역사의 맷돌은 서서히 돌지만 모든 것을 곱게 갈아낸다.(한경직 목사님)

❷❸ 역경은 하늘이 그의 보석들을 연마하ㅊ 사용하는 금강석 가루이다. (라이턴)

❷❹ 기도의 폭풍으로 하늘 문을 두드리라! (Tennyson)

❷❺ 하나님의 약속은 반드시 이루어진다. 하지만 오늘 안에 모두 이루어지지는 않는다.(Gorden)

❷❻ 인생의 참목적은 너의 자유를 발견하는 데 있지 않고, 너의 주인을 발견하는 데 있다.(Forsyth)

❷❼ 하나님께 대한 모든 순종은 축복의 문을 여는 열쇠이다.(MacDonald)

❷❽ 내가 원하는 일만 일어나게 하지 마시고, 옳은 일만 일어나게 하소서!

❷❾ 현시대의 문제가 무엇인지 아는가? 신학자는 많으나 무릎을 꿇는 자는 많지 않다는 점이다.(Billington)

❸⓿ 믿음은 시내를 보고 바다가 있음을 아는 것이다.(Ward)

❸❶ 지혜를 얻는 길은 자신의 무지함을 아는 것이다.(스펄젼)

❸❷ 성경은 하나님의 지도책이다.(팔머)

❸❸ 하나님은 자기의 대리인으로서 양심을 인간의 마음속에 세워 놓으셨다.(로저스)

❸❹ 존경받는 사람은 받는 사람이 아니다. 언제나 존경받는 사람은 주는 사람이다.(칼빈 쿨리지)

❸❺ 기독교는 사랑이 지성보다 강함을 가르쳐 준다.(마리테인)

❸❻ 기독교는 매일 24시간을 그리스도와 함께 지내는 것이다.(빌리 그레이엄)

❸❼ 사탄이 한 가지 사실을 말하기 위해서 상식을 동원할 때, 신앙은 그 반대 사실을 말하기 위해서 성경에 의존한다.(데이비드 딕슨)

❸❽ 모든 은혜의 사역은 그 목적이 하나님의 뜻을 즐거워하는 데 있다.(토마스 왓슨)

❸❾ 순간을 위해 영원을 포기하는 것은 그림자만 보고 실체는 보지 못하는 것이다.(윌리엄 젠킨)

❹⓿ 시간을 허비하는 데 따르는 심판이 있음을 유념하고 시간을 활용하도록 하라.(리처드 백스터)

❹❶ 사람의 가치는 현재 소유하고 있는 것이 아니라, 현재 가지고 있는 것으로 무엇을 하는지에 따라서 결정된다.(T. carlyle)

❹❷ 태산에 부딪혀 넘어지는 사람은 없다. 사람을 넘어지게 하는 것은 작은 흙무더기다.(Peretz)

❹❸ 주는 것을 기억하지 않고 받는 것을 잊지 않는 자들은 복이 있다.(Bibesco)

❹❹ 고백으로 그치는 믿음은 믿음이 아니다.(토마스 아담스)

❹❺ 참된 성도는 물질보다는 은총을, 세상보다는 지혜를 더 선호한다.(리처드 버나드)

❹❻ 성경은 우리가 항상 설교해야 한다고 말하지 않는다. 항상 기도해야 한다고 말한다.(라이스)

❹❼ 삶의 어려운 일을 만나 막다른 골목에 다다랐을 때, 온전히 기도에 매달려라.(맥런)

❹❽ 시작이 반이다. 그러나 기도 없이 시작된 일은 결코 좋은 시작일 수 없다.(팬스하우)

❹❾ 죄 없으신 주님이 기도하는데 우리 죄인들은 얼마나 더 많은 기도를 해야 하는가! (키프리아누스)

❺⓿ 성공의 사다리를 올라갈 때 그 사다리를 붙들어 주신 하나님을 잊지 말라.(엔리코 카루소 이탈리아 테너 가수)

❺❶ 질병과 슬픔은 왔다가도 가지만 미신에 사로잡힌 영혼에겐 평안이 없다.(로버트 버튼 영국 목사님)

❷ 역사라는 것은 하나님의 뜻을 실행하는 장소이다.(칼라일)

❸ 이 세상에서 서로 화평하게 지낼 수 있는 한 가지 방법은 용서이다.(톨스토이)

❹ 하나님께서는 우리가 남에게 위로자가 되도록 하기 위해 우리를 위로하신다.(노웰)

❺ 묵상은 마음과 영혼을 죄악된 생각으로부터 지켜 주는 것이다.(윌리엄 브리지)

❻ 하나님의 능력이 한계에 도달하는 일은 절대로 없다.(허드슨 테일러)

❼ 창공을 높이 나는 독수리는 강을 어떻게 횡단할지 염려하지 않는다.(조이리더호프)

❽ 창조주 하나님은 인간이 서로를 필요로 하도록 세상을 만드셨다.(시저리아의 바질)

❾ 대화의 비결은 상대방이 말하지 않았으면 좋을 것 같은 말을 하지 않는 것이다.(스위프트)

❻⓪ 차가운 기도에는 따뜻한 응답이 없다.(브룩스)

❻① 관계가 성공하는 것은 죄 있는 쪽이 벌을 받아서가 아니라, 죄 없는 쪽에서 베푸는 긍휼 때문이다.(맥스 루케이도)

❻② 위기 중에는 강의가 필요 없다. 그에겐 경청이 필요하다.(빌리 그레이엄)

❻③ 위기는 쓸데없는 소리를 죽게 하고 하나님의 소리를 크게 한다.(키르케고르)

❻❹ 위기는 위험한 기회이다. 고난의 화두는 '변화'이다 (손구경)

❻❺ 이 책이 아니었다면 우리는 그릇된 것에서 바른 것을 찾지 못했으리라. 성경은 하나님이 인간에게 주신 최고의 선물이다.(에이브러햄 링컨)

❻❻ 이 위대한 책 속에 있는 진리와 사랑 때문에 우리 조상은 정든 고향을 광야와 바꾸었다.(허드슨 테일러)

❻❼ 성경의 신호는 보호와 교정과 방향을 가르쳐 준다. 성경에 밑줄을 긋는 것도 좋지만 성경이 당신 위에 밑줄을 긋게 하라.(헬렌 켈러)

❻❽ 믿음이란 자신을 약속 위에 던지는 것이다.(찰스 스펄전)

❻❾ 주님께서 부르신 곳에 있음으로써 우리는 그 부르심에 가장 효과적으로 반응할 수 있다.(신디 제이콥스)

❼⓿ 나는 교회 안에서 빈자리를 볼 때마다 의자들의 절규를 듣는다.(토미테니)

❼❶ 중요한 것은 당신이 얼마나 늙었는가가 아니라 어떻게 늙었는가이다.(드레슬러)

❼❷ 나에게 가장 중요한 것은 내가 하나님에 대해 알고 있다는 것이다.(토저)

❼❸ 죽음보다 죄를 더 두려워하는 사람이야말로 참다운 믿음의 소유자이다.(야콥스)

❼❹ 희망은 이를 추구하는 사람을 결코 버리지 않는다.(Fletcher)

❼❺ 권위를 주장하는 신앙은 신앙이 아니다. 권위에 대한 신뢰도야말로

그 종교의 쇠퇴를 가름하는 척도가 된다.(에머슨)

❼❻ 성공의 평가는 다른 이를 도울 수 있는 능력에 달려 있다.(메이어)

❼❼ 인생의 모든 어지러운 문제를 하나님의 손에 맡기고 거기 남겨 두는 것이 위로이다.(C. E. 카우만)

❼❽ 모든 사람들이 자신의 책임을 완수한다면 자신의 권리는 자연스럽게 뒤따를 것이다.(브리스코)

❼❾ 모든 위대한 사업은 믿음으로부터 시작된다.(본 세겔)

❽⓪ 성실하지 못한 사람은 위대한 것들을 만들어 내지 못한다.(루셀로웰)

❽❶ 명예롭지 못한 성공은 마치 양념하지 않은 요리와 같아서 단순히 배고픔을 만족시킬지는 몰라도 결코 미각을 즐겁게 하지는 못한다.(Pateruo)

❽❷ 교회는 성인들의 집회소가 아니라 죄인들을 위한 종합병원이다.

❽❸ 대개의 경우 가장 큰 자랑꾼은 가장 작은 일꾼이다. 깊은 강은 낮은 시내보다 더 많은 물을 바다에 흘려보내지만 아무 소리 없이 흐른다.(Secker)

❽❹ 하나님의 자비가 풍성함으로 죄를 지어도 좋다는 것은 악마의 논리다.(Wsttson)

❽❺ 하나님의 사랑이 내 영혼을 넘쳐흐르자마자 어떤 교파를 막론하고 모든 사람을 사랑하게 되었다.(Herbert)

❽❻ 모든 영토는 버릴지언정 성경은 버릴 수 없다.(엘리자베스 여왕)

❽❼ 과거의 실책으로부터 유능한 교훈을 이끌어 내지 못한다면 아예 뒤돌아보지 말라! (Washington)

❽❽ 사랑은 허물을 보이지 않게 하고 미움은 덕망을 가려준다.(에스라)

❽❾ 기도 없이 그리스도인이 되려는 것은 숨쉬지 않고 살려는 것보다 더 불가능하다.(마르틴 루터)

❾⓪ '주는 것'은 우리의 사랑을 재는 온도계이다.

❾❶ 사랑 없이 무엇을 줄 수는 있으나 아무것도 주지 않고 사랑할 순 없다.(Richard Braunstein)

❾❷ 하나님께서는 어떤 일을 맡기실 때 우리의 능력이 얼마나 되는가를 묻지 않으신다. 다만 우리가 그 일에 얼마만큼 노력을 기울일 수 있는가에 대해서 물으신다.(The Arkansas Baptist)

❾❸ 천사를 악마로 바꾸는 것은 교만이고 인간을 천사처럼 만드는 것은 겸손이다.(성 어거스틴)

❾❹ 지은 죄에 대해 변명을 늘어놓음보다 진실한 참회의 눈물을 흘림이 백번 낫다.(토마스 아 켐피스)

❾❺ 어떤 형태로든 거짓을 숭배함은 곧 우상숭배라 할 수 있다.(Purcell)

❾❻ 쉼 없는 기도는 인생이라는 기계에 기름을 치는 것이다.

❾❼ 게으름은 유혹자인 악마를 유혹하는 것이다.(토마스 왓슨)

❾❽ 시간을 허비하는 데 따르는 심판이 있음을 유념하고 시간을 활용하도록 하라.(리처드 백스터)

❾❾ 세상 모든 것 중 가장 위대한 것은 다른 사람을 섬기기 위해 자기 자신을 잊는 것이다.

❿❿ 선을 행한 자는 생명의 부활로, 악을 행한 자는 심판의 부활로 나오리라.(요한복음 5장 29절)

⓫ 베드로가 대답하여 가로되 주는 그리스도시요 살아계신 하나님의 아들이시니이다.(마태복음 16장 16절)

베풂

'인생'

왜 절망이 없겠느냐　　　　　모든 절망을 건너고
왜 아픔이 없겠느냐　　　　　소박하고 참된 진실에 다가서는 것
왜 고통이 없으며
왜 상처가 없겠느냐　　　　　사람다운 따뜻한 가슴을 그리고
사람인 까닭이라.　　　　　　선한 눈을 회복하고
　　　　　　　　　　　　　마음 빈 곳마다 눈물로 키운
삶이란　　　　　　　　　　　착한 심성과 고운 배려로
생을 마감하는 그 순간까지　　인생의 모든 노여움을 불식시키고
수많은 절망과 상처와
깊은 고독과 외로움의
아픔을 달래 가는 것　　　　　누구나
　　　　　　　　　　　　　아름다운 황혼에 다다르기를
　　　　　　　　　　　　　소망하는 것.

덧난 상처를 싸매고　　　　　　　　　　　　　　(시인: 고은영)
그래도 시간을 휘적이며

❶ 베푸는 법을 배우기 전에는 사는 법을 배웠다고 할 수 없다.

❷ 하나님의 팔을 비틀려 하지 말고 의로우신 하나님의 오른팔에 안겨라.

❸ 하나님께서는 비범한 계획을 수행하시기 위해 평범한 사람들을 사용하신다.

❹ 당신의 모든 계획을 연필로 쓰고 하나님께 지우개를 드려라.

❺ 영적 건강을 유지하려면 위대한 의사이신 임마누엘 하나님께 의논

하라.

❻ 인생의 짐은 우리를 부러뜨리려는 것이 아니라 하나님께로 휘어지 게 하려는 것이다.

❼ 하나님을 알면 인생의 의미가 생기고 하나님께 순종하면 인생의 목 적이 생긴다.

❽ 꿈을 이루려면 자신이 먼저 매력적인 존재가 되어 그 꿈을 유혹하라.

❾ 누구나 천재가 될 순 없어도 누구나 창조적일 수는 있다.

❿ 하나님이 당신에게 주신 말씀의 권세를 깨달으면 당신의 삶은 홍해 를 가르는 기적으로 변할 것이다.

⓫ 사랑은 허물을 보이지 않게 하고 미움은 덕망을 가려준다.(에스라)

⓬ 최고의 허영심은 명성을 사랑하는 것이다.(조지 산타야나: 1863~1952)

⓭ 절반의 진실은 완전한 거짓보다 더 무섭다.(포히터슬레벤: 오스트리 아 시인)

⓮ 고통은 인간의 위대한 교사이다.(마리 에셴바하: 1830~1916)

⓯ 기회는 반드시 찾아온다. 실력 없는 자에겐 잠자고 있을 때 오고, 실력 있는 자에겐 눈을 부릅뜨고 있을 때 온다.

⓰ 참된 성도는 물질보다는 은총을, 세상보다는 지혜를 더 선호한다. (리처드 버나드)

⓱ 가난한 자는 성경책으로 말미암아 영육 간에 부자가 되고, 부자는 성경책으로 말미암아 존귀해진다.

❶❽ 근면한 인간에겐 정지 팻말을 세울 수 없다.(베토벤이 즐겨 썼던 명언)

❶❾ 여간 채소를 먹으며 서로 사랑하는 것이 살찐 소를 먹으며 서로 미워하는 것보다 나으니라.(잠언 15장 17절)

❷⓿ 행운이란 기회를 알아보는 감각이며 그것을 이용하는 능력이다.(새무얼 골드윈)

㉑ 자기 자신을 창조하거나 파괴하는 것은 다름 아닌 자기 자신이다.(제임스 알렌)

㉒ 낮이 얼마나 눈부시게 아름다운지는 저녁이 돼야 알 수 있다. 마찬가지로 죽기 전까지는 인생을 평가할 수 없는 법이다.(샤를 드골: 프랑스 대통령)

㉓ 죽음을 두려워하지 않는 자들만이 살기에 적합한 사람들이다.(더글러스 맥아더)

㉔ 죽을 때 장의사조차 애도하고 싶어 할 정도로 살아라.(마크 트웨인: 미국 소설가)

㉕ 이 시대 위기와 좌절의 얼룩진 부분을 희망과 열정으로 지워라!

㉖ 노인의 충고는 겨울 태양과 같다. 그것은 밝기는 하지만 뜨겁지는 않다.(앙드레 모로와)

㉗ 누구든지 주의 이름을 부르는 자는 구원을 얻으리라.(로마서 10장 13절)

㉘ 경배는 거룩한 기대 속에서 싹트고 거룩한 순종으로 마무리된다.(리처드 포스터)

㉙ 가장 완전한 영적 아름다움은 가장 짧은 기도시간에 얻어지며, 그것을 얻는 젊은이는 멋있고 능력 있게 백년을 살다가 은혜롭게 죽는다.(데이빗 브레이너드)

㉚ 거대한 파도는 모든 것을 가져가지만, 내일에 대한 희망만은 가져가지 못한다.

㉛ 희망보다 높은 파도는 없다. 이 세상에 희망을 넘어선 파도는 아직 없다.

㉜ 이 시대의 위기와 좌절의 얼룩진 부분을 희망과 열정으로 지워라!

㉝ 당신은 승리할 수밖에 없다. 고난을 믿음으로 해석하기 때문이다. 믿음의 영웅이 되어라.

㉞ 신뢰는 유리 거울과 같은 것이다. 한번 금이 가면 원래대로 하나가 될 수 없다.(아미엘)

㉟ 겸손은 가장 얻기 어려운 미덕이다. 자기 자신을 높이 생각하려는 욕망만큼 여간해서 가라앉지 않는다.(T. S. 엘리엣)

㊱ 삶의 가장 큰 행복은 우리 자신이 사랑받고 있다는 믿음으로부터 온다.

㊲ 노력을 중단하는 것보다 더 위험한 것은 없다. 습관은 버리기는 쉽지만 다시 세우기는 어렵다.(빅토르 위고)

㊳ 하나님께서도 당신의 성공을 원하신다. 위대한 성공을 그려라.

㊴ 누구나 성공의 길은 열려 있다. 거부하지 않는 한, 인생의 변화는 반드시 일어난다.

⓵ 성공하는 사람에겐 그들만의 비밀 노트가 있다. 스스로 준비한 사람은 변화가 두렵지 않다.

⓶ 가벼운 슬픔에는 말이 많아지고, 커다란 슬픔에는 넋을 잃게 된다. (세네카)

⓷ 수확(열매)을 늘리려면 좋은 종자를 써라. 목전의 이익을 위해 명분 없는 길에 서지 말라.

⓸ 세상이 나에게 준 것보다 더 많이 세상에 되돌려 주는 것, 그것이 바로 성공이다.(헨리 포드)

⓹ 천재는 99퍼센트의 노력과 1퍼센트의 영감으로 만들어진다.(에디슨)

⓺ 보거든 만져라. 만지거든 느껴라. 느끼거든 사랑하라. 사랑하거든 나누어라.

⓻ 성공의 사다리를 올라갈 때 그 사다리를 붙들어 주신 하나님을 잊지 말라.(엔리 코카루소)

⓼ 태도만 바뀌어도 성공으로 한 발자국 나아갈 수 있다. 승리하기를 원하는 자는 결단코 포기하지 않는다.

⓽ 재물은 오물과 같다. 이를 쌓아두면 악취가 나고, 이를 뿌리면 땅이 살찐다.(독일 격언)

⓾ 이성적인 판단으로 하나님의 일을 평가하지 않게 하소서. 하나님의 큰일에 믿음으로 반응하게 하소서.

㊿ 자기 자신을 창조하거나 파괴하는 것은 다름 아닌 자기 자신이다. (제임스 알렌)

❺❶ 존경심이 없이는 참된 사랑과 연애는 성립되지 않는다.(휘히테)

❺❷ 하루라도 착한 일을 생각하지 않으면 모든 악한 일들 다 저절로 일어난다. 착한 일은 모름지기 탐내고 악한 일은 즐기지 말라.

❺❸ 겸손은 가장 얻기 어려운 미덕이다. 자기 자신을 높이 생각하려는 욕망만큼 여간해서 가라앉지 않는 것은 없다.(T. S. 엘리엇)

❺❹ 덕이 있는 여성은 남편에게 복종하면서 오히려 남편을 좌우한다.(사이라스)

❺❺ 근심으로 네 마음에서 떠나게 하며 악으로 네 몸에서 물러나게 하라.(전도서 11:10)

❺❻ 하나님의 능하신 손 아래서 겸손하라. 때가 되면 너희를 높이시리라.(베드로전서 5:6)

❺❼ 다리가 부러졌다면 목이 부러지지 않은 것을 감사하라.(웰슨)

❺❽ 감사의 역량에 따라 행복의 크기가 결정된다.(밀러)

❺❾ 감사를 통해 인간은 부해진다.(본회퍼)

❻⓿ 민약 우리들이 현재와 과거를 서로 경쟁시킨다면 반드시 미래를 놓쳐버리고 말 것이다.(윈스틴 처칠)

❻❶ 구약성경 시편의 구절구절마다 감사의 씨가 뿌려져 있다.(테일러)

❻❷ 감사는 최고의 항암제요 해독제요 방부제다.(존 헨리)

❻❸ 모든 사람을 스승으로 삼고 세상을 교실로 삼으면 성공은 절로 손에 잡힌다.(심갑보 삼익 LMS부회장)

❻❹ 당신이 순진하고 맑고 결백한 마음을 가졌다면 열 개의 진주 목걸이보다도 더 행복을 위한 빛이 될 것이다.(페스탈로치)

❻❺ 고난의 터널은 그리스도의 형상을 닮게 한다.(이동환 순천향의대 소아과 교수)

❻❻ 우리의 가진 바 때문에 우리가 감사하는 것이 아니요, 우리의 되어진 바로 인해 감사한다.(헬렌 켈러)

❻❼ 서로 주고받는 것은 삶의 한 부분이다. 물질적이든 정신적이든 서로 주고받는 것은 아름답다.

❻❽ 사람의 영혼은 여호와의 등불이라 사람의 깊은 속을 살피느니라.(잠언 20장 27절)

❻❾ 감사가 없는 소망은 의식 불명의 소망이요, 감사가 없는 믿음은 줏대 없는 믿음이요, 감사가 없는 생애는 사랑이 메마른 생애이다. 어떤 아름다운 것도 거기서 감사를 빼면 이내 절름거리고 만다.(조엣)

❼⓿ 비위에 맞을 때 하는 수천 번의 감사보다 이와 어긋날 때 드리는 한 번의 감사가 더 값지다.(아빌라)

❼❶ 성령 안에 거하는 것은 하나님의 응접실 안에 초대받는 것이다.(무디)

❼❷ 성령 충만하지 못하면 주어진 특권을 박차는 것이다.(무디)

❼❸ 너희가 내 안에 거하고 내 말이 너희 안에 거하면 무엇이든지 원하는 대로 구하라. 그리하면 이루리라.(요한복음 15장 7절)

❼❹ 우리의 가진 바 때문에 우리가 감사하는 것이 아니요, 우리의 되어진 바로 인해 감사한다.(헬렌 켈러)

㊄ 눈물이 눈 안에 먼지가 들어가지 않도록 막는 것처럼 성령은 우리 마음에 세상이 들어가지 않도록 막아 주신다.(무디)

㊅ 성령이 없이 인간적 수단, 노력, 분투, 결의만으로 하는 일은 자기의 숨으로만 돛단배를 움직이게 하는 것과 같다.(무디)

㊆ 자신감은 선천적으로 얻어지는 것이 아니라 자신감은 준비, 성공, 경험, 조직환경에서 나온다.(강복수 쌍용정보통신사장의 말)

㊇ 너는 두려워 말라 내가 너를 구속하였고 내가 너를 지명하여 불렀나니 너는 내 것이라.(이사야 43장 1절)

㊈ 당신 생애에 능력이 없는 것은 성령께 전적으로 맡기지 않았기 때문이다.(무디)

⑳ 선을 행한 자는 생명의 부활로 악을 행한 자는 심판의 부활로 나오리라.(요한복음 5장 29절)

㉑ 성령에 휩싸이기 위해선 열망과 갈망함과 사모함이 있어야 한다.(월스비)

㉒ 그리스도가 교회를 세상에 보내기 전 성령을 먼저 보내셨다. 같은 순서대로 우리도 일해야 한다.(요한 스토트)

㉓ 그리스도께서 그처럼 강조하시고 소개시켜 주시며 부탁하신 성령을 무시하는 것은 대단히 어리석은 것이다.(요한 스토트)

㉔ 인간의 영이 없어져야 하나님의 영이 우리를 채운다.(무디)

㉕ 자기를 돕는 이가 전능하신 하나님이라는 것을 기억한다면 그는 결코 절망을 모를 것이다.(무디)

㉘ 성령은 우리 안에 임재해 계시고, 우리를 소생시키시고 거룩게 하시며, 신자에게 위로부터 오는 힘을 주시는 이시다.(요한 스토트)

㉙ 사도신경 암송 중 '성령을 믿사오며' 할 때마다 우리는 살아 계신 하나님이 인간의 인격을 점령하시고, 전환시키는 것을 믿는 것이다.(요한 스토트)

㉚ 여호와를 경외하는 것이 지혜의 근본이요 거룩하신 자를 아는 것이 명철이니라.(잠언 9장 10절)

㉛ 세상이 야속하다고 하지 말고 세상에서 없어서는 안 될 사람이 되라. 세상이 찾는 사람이 되라.(에메슨)

㉜ 남의 조언에 귀를 기울이지 않는 자는 구제가 불가능한 어리석은 자이다.

㉝ 인생에 향기를 주는 것은 넉넉한 마음, 심오한 이해심, 고상한 취미이다.

㉞ 사람들은 맹인으로 태어난 것보다 더 불행한 것이 뭐냐고 나에게 물어온다. 그럴 때마다 나는 "시력은 있되 비전이 없는 것"이라고 답한다.(헬렌 켈러)

㉟ 성령의 채움을 얻기 위해서는 먼저 비움이 선행되어야 한다.(토저)

㊱ 사탄은 성령이 없는 복음화는 현대주의나 이단처럼 죽은 것이라는 것을 익히 알고 있기 때문에 우리가 이 같은 유효한 기독교 유산을 즐기는 것을 막기 위해 갖은 방법을 다 동원하고 있다.(토저)

㊲ 성령으로 채워진다는 것은 하나님의 거룩한 열심과 영원한 열정이

그 안에 타고 있음을 말하는 것이다.(토저)

㉖ 우리가 기관을 의지하면 기관이 주는 혜택을 받고, 우리가 교육을 의지하면 교육이 주는 혜택을 얻으며, 우리가 달변을 믿으면 언변이 주는 혜택을 얻으며, 만일 우리가 성령을 의지하면 하나님이 주시는 혜택을 입게 된다.(딕슨)

㉗ 성령으로 거듭난 사람은 하나님의 섬기는 일을 힘들어하지 않는다. 왜냐하면 이는 자연스러운 일이기 때문이다.(박윤의)

㉘ 성령 충만한 것은 말하자면 짭짤한 땅콩을 먹는 것과 같다. 맛보면 맛볼수록 더 먹고 싶은 것이다.(비취)

㉙ 공기가 없는 데서 어떻게 꽃을 피우겠는가? 빛이 없는 데서 어떻게 열매를 생산하겠는가? 더 힘든 일은 성령이 없이 사람을 중생시키려는 것이다.(비취)

⑩⑩ 행운을 확신하고 행운이 찾아오리라고 믿으면, 행운은 훨씬 가까이에서 손짓한다.(토머스 제퍼슨)

⑩① 박무학 선교사님이 대답하여 가로되 주는 그리스도시요 살아계신 하나님의 아들이시니이다.(마태복음 16장 16절)

자비

'고혈압 환자 겨울나기 10계명'

1. 혈압은 반드시 140/90mmHg 미만을 유지한다.
2. 외출할 때 옷을 충분히 갖춰 입어 몸을 따뜻하게 유지한다.
3. 혈압이 정상보다 높을 때는 외출을 삼간다.
4. 찬바람에 노출될 수 있는 새벽 운동이나 등산을 삼간다.
5. 추위로 인해 활동량이 줄어 비만이 생기는 것에 주의한다.
6. 연말, 연초 회식 자리에서 금연, 절주를 반드시 지킨다.
7. 너무 깊지 않은 욕조에서 미지근한 물로 목욕한다.
8. 아침에 잠에서 깰 때 급하게 일어나지 않는다.
9. 아침 대문 밖 신문을 가지러 갈 때도 덧옷을 충분히 입는다.
10. 평소와 다른 증상을 느끼면 곧 의사 진찰을 받는다.

(신문에서 옮겨옴)

❶ 내가 평안히 눕고 자기도 하리니 나를 안전히 거하게 하시는 이는 오직 여호와시니이다.(시편 4편 8절)

❷ 성령은 개인의 인생살이를 허물어 버리고 그 위에 하나님을 향한 탄탄대로를 구축한다.(챔버스)

❸ 당신 생애 최고의 축복은 크리스천이 되려는 노력에 종지부를 찍고 인위적인 애씀도 버리고 오직 성령께 간구하며 그를 영접하는 데서 온다.(챔버스)

❹ 성령이 내게 임할 때 나는 전기에 감전되는 것 같았네. 이는 사랑의

소낙비요, 하나님의 숨결이며, 커다란 날개 되어 나를 끌어올리셨네.(찰스 휘니)

❺ 성령 세례의 목적은 기적을 낳는 기이한 신자가 되는 데 있지 않고 예수의 증인이 되는 것이다. 예수가 한 일에 대해 증인이 되는 것보다 예수가 어떤 분인가에 대한 증인이 되는 것이다.(챔버스)

❻ 성령의 세례를 받는다는 것은 하나님을 향한 진취적이고 위대한 모험을 시작하는 것이 아니라 우리가 어디에 있든지 예수와 더불어 만족스런 인생이 됨을 의미하는 것이다.(챔버스)

❼ 성령 안에 하루를 사는 것이 육체 안에 천 날을 사는 것보다 낫다. (로버트)

❽ 성령이 사람을 점령하시고 또 통치하시면 육체의 속성은 가을 낙엽처럼 떨어진다.

❾ 성령의 뜻은 변호자, 카운슬러, 돕는 이 또는 거룩한 위로자라는 뜻으로 하나님의 지울 수 없는 모성애를 일컫는 말이다.(챔버스)

❿ "성령의 충만함을 받으라."의 헬라어 원문 뜻은 수동태로서 "성령 충만한 상태를 계속해서 유지하라."는 뜻이다.(월비스)

⓫ 우리는 성령님을 이용할 수 없다. 오직 성령님이 우리를 이용하실 뿐이다.(월비스)

⓬ 성령에 휩싸이기 위해선 열망과 갈망함과 사모함이 있어야 한다.(월비스)

⓭ 성령의 물결을 타는 자는 밤중에도 전진한다.(월비스)

❹ 성령은 인간의 성품을 말살하지 않으신다. 오히려 이를 최고의 질로 활용하신다.

❺ 구제를 좋아하는 자는 풍족하여질 것이요 남을 윤택하게 하는 자는 윤택하여지리라.(잠언 11장 25절)

❻ 최고의 양치기는 양떼의 방향을 정해 주는 것이 아니라 자신이 원하는 곳으로 양들을 이끄는 사람이다.

❼ 인기 있는 사람보다 인격을 갖춘 사람으로, 유명한 사람보다 유익한 사람이 되게 하여 주소서. 아멘.

❽ 부모를 섬길 줄 모르는 사람과는 벗하지 말라. 왜냐하면 그는 인간의 첫걸음을 벗어났기 때문이다.(소크라테스)

❾ 아침마다 기도하는 일과 하늘 향한 창문을 내다보는 일을 통해 내 얼굴이 만들어진다.(조셉 파커)

❿ 방언은 마음의 언어이다. 어머니의 품 안의 갓난아이의 흥얼거림이 문법은 없어도 서로 통하듯 하나님의 품 안에 있는 성도도 그러하다.(하퍼)

㉑ 세속의 광풍을 잠재울 수 있는 것은 오직 기도를 통한 성령의 바람뿐이며 영적인 핵폭탄이 되라.

㉒ 사람이 다 모방할 수 있어도 한 가지 못 하는 것이 있는데 이는 성령의 충만함이다.(챔버스)

㉓ 오순절은 교회에 광명과 능력과 기쁨을 가져다주었다. 이는 곧 마음의 밝음과 심령의 확신과 사랑의 진실과 능력의 넘침과 기쁨의 환

희를 몰고 온 것이었다.(체드윅)

❷❹ 하나님의 아들이 가는 곳마다 하나님의 바람이 불어오고 생명의 냇가가 흐르며 하나님의 태양이 방긋 웃는다.(틸릭키)

❷❺ 견디기 힘든 일을 견뎌 내면 그 일을 떠올릴 때마다 유쾌해진다.(세네카)

❷❻ 나는 처칠과 격렬하게 싸웠지만 우리는 언제나 만족스럽게 지내 왔다. 루스벨트와는 싸운 적이 없지만 만족스럽게 지낸 적은 한 번도 없다.(드골)

❷❼ 내가 만든 자동차 가운데 한 대라도 고장 나면 그것이 내 책임이라는 것을 알고 있다.(헨리 포드)

❷❽ 실패는 성공으로 가는 고속도로다. 실패는 잘못 가고 있음을 알려 주는 표지판이므로 성공의 길로 안내하기 위한 일시적인 현상이다. (존 키츠)

❷❾ 담장을 높이 두루 세우고 사나운 개를 풀어 놓았으니 안전하다고 믿는 것이 과연 안전한 것일까! (함석헌)

❸⓪ 권력을 가진 자에게 복수하는 유일한 방법은 그들보다 즐겁게 사는 것이다.(무라카미 류)

❸❶ 곧은길은 단순한 만큼 어려움도 많다. 그렇시 않다면 누구든지 곧은길을 좇았을 것이다.(간디)

❸❷ 성령은 당신을 부하게 하려고 주어지는 것이 아니요, 당신을 준비시키려고 주어지는 것이다.(벳처)

❸❸ 성령은 우리가 의식하지 못하는 절실한 필요를 알려주신다.(벳처)

❸❹ 무엇을 갖고 있느냐보다, 당신이 갖고 있는 것으로 무엇을 하느냐가 중요하다.(월프레드 그렌펠)

❸❺ 성령의 열매는 나를 통해 나타나는 그리스도의 모습을 통해서만 드러날 것이다.(탐케플러)

❸❻ 〈성령에 대한 상식〉

* 피해야 할 3가지

1) 성령을 금하지 말라.

2) 성령을 근심케 말라.

3) 성령을 훼방치 말라.

* 구해야 할 3가지

1) 성령의 충만함을 입으라.

2) 성령의 은사를 사모하라.

3) 성령의 열매를 맺으라.(벳처)

❸❼ 성령은 작곡가요 또 작사가다. 성도들의 입술의 열매를 하늘의 노래로 편곡하신다.(무디)

❸❽ 성령은 지시하시고 힘 주시고 통치하신다.(할버슨)

❸❾ 만일 그대가 성령의 충만함을 입는다면 증인이 되는 것은 선택적이지 강제로 주어지는 것이 아니다.(할버슨)

❹⓿ 자동차에 연료 주입구가 하나이듯 영적 연료 주입구는 성령의 주입구밖에 없다.(어빙)

❹① 오순절에 성령이 오심은 그리스도의 탄생만큼이나 중요하다.(어빙)

❹② 이 세상에는 여러 가지 기쁨이 있지만, 그 가운데서 가장 빛나는 기쁨은 가정의 웃음이다. 그 다음의 기쁨은 어린이를 보는 부모들의 즐거움인데, 이 두 가지의 기쁨은 사람의 가장 성스러운 즐거움이다.(페스탈로치)

❹③ 역경은 하늘이 그의 보석들을 연마하는 데 사용하는 금강석 가루이다.(라이턴)

❹④ 인생의 참목적은 너의 자유를 발견하는 데 있지 않고, 너의 주인을 발견하는 데 있다.(Forsyth)

❹⑤ 교만과 은총은 결코 한곳에 같이 살지 않는다.(Kelly)

❹⑥ 영혼의 순결은 결코 본인의 동의 없이 타락될 수 없다.(Augustine)

❹⑦ 짐을 주신 하나님은 짐을 멜 어깨도 주셨다.(Yiddish Proverb)

❹⑧ 이기주의는 손대는 것마다 모두 오염시키는 병이다.

❹⑨ 오직 성령의 열매는 사랑과 희락과 화평과 오래 참음과 자비와 양선과 온유와 절제니 이 같은 것을 금지할 법이 없느니라.(갈라디아서 5장 22~23절)

❺⓪ 그런즉 누구든지 그리스도 안에 있으면 새로운 피조물이라 이전 것은 지나갔으니 보라 새 것이 되었도다.(고린도후서 5장 17절)

❺① 우리가 아직 죄인 되었을 때에 그리스도께서 우리를 위하여 죽으심으로 하나님께서 우리에게 대한 자기의 사랑을 확증하셨느니라.(로마서 5장 8절)

❺❷ 스스로 배울 생각이 있는 한, 천지 만물 중 하나도 스승이 아닌 것은 없다. 사람에게는 세 가지 스승이 있다. 하나는 대자연, 둘째는 인간, 셋째는 사물이다.(루소)

❺❸ 너는 마음을 다하여 여호와를 의뢰하고 네 명철을 의지하지 말라 너는 범사에 그를 인정하라 그리하면 네 길을 지도하시리라.(잠언 3장 5~6절)

❺❹ '눈물의 강, 기도의 강, 기름부음의 강'으로 우리의 심령과 우리의 가정과 우리 사회를 깨끗하게 해야 할 책임이 우리에게 있다.

❺❺ 오늘의 시련과 고난은 화려한 내일을 위한 밑거름일 것이다.

❺❻ 술 취하지 말라 이는 방탕한 것이니, 오직 성령의 충만을 받으라.(에베소서 5:18)

❺❼ 우리가 기관을 의지하면 기관이 주는 혜택을 받고, 우리가 교육을 의지하면 교육이 주는 혜택을 얻으며, 우리가 달변을 믿으면 언변이 주는 혜택을 얻으며, 만일 우리가 성령을 의지하면 하나님이 주시는 혜택을 입게 된다.(딕슨)

❺❽ 세상 모든 영역에 빛과 소금이라는 도장을 찍자. 성경에서 시작해서 역사를 돌아보고 삶을 이야기하고 세상을 향해 나가자.

❺❾ 사람들은 충고해 주지만, 하나님은 인도해 주신다.(레오나드 레이븐힐)

❻⓪ 너희가 전에는 어두움이더니 이제는 주 안에서 빛이라 빛의 자녀들처럼 행하라.(에베소서 5장 8절)

❻❶ 나는 여호와요 모든 육체의 하나님이라 내게 능치 못한 일이 있겠

느냐.(예레미아 32장 27절)

❷ 종교 없는 과학은 장님이고, 과학 없는 종교는 절름발이이다.(아인 슈타인)

❸ 기도는 하나님의 은혜와 능력이 가득 쌓여 있는 창고를 여는 열쇠이다.(대천덕)

❹ 주님의 도우심을 받아 기도와 성령충만으로 무장하여 망망대해 같은 이 세상에서 승리하라.

❺ 기적은 대개 부지런하고 열심히 그것을 좇는 사람에게 찾아간다. 앉아서 기적을 기다리는 사람에게는 영원히 찾아오지 않는다.(클레망스)

❻ 삶의 어려운 일을 만나 막다른 골목에 다다랐을 때 온전히 기도에 매달려라.(맥런)

❼ 주의 손에 내 손을 얹힙니다. 내 손이 아니라 주의 손이 움직여 내 손을 이끄소서.

❽ 폭풍우가 몰아치고 칠흑 같은 밤이 와도 등대 불빛만 있으면 목표는 잃지 않는다.

❾ 풀은 마르고 꽃은 시드나 우리 하나님의 말씀은 영영히 서리라.(이사야 40:8)

❿ 하나님의 영광을 위하여 시간을 내라. 그것은 인생의 영원한 투자이다.

⓫ 오직 주 예수 그리스도로 옷 입고 정욕을 위하여 육신의 일을 도모하지 말라.(로마서 13장 14절)

❼❷ 크리스천은 보통 사람과는 다른 사고를 가져야 한다. 용서할 수 없는 것은 용서하는 차원 높은 사랑을 보여주어야 한다.

❼❸ 사랑하면 진리를 깨닫고 기적을 읽는 눈을 주시며 이해할 수 없는 것들을 받아들이는 믿음을 준다.

❼❹ 사랑만큼 위대한 주석가도 없으며, 사랑만큼 기적을 일으키는 것도 없다.

❼❺ 그런즉 너희가 먹든지 마시든지 무엇을 하든지 다 하나님의 영광을 위하여 하라.(고린도전서 10장 31절)

❼❻ 나는 여호와요 모든 육체의 하나님이라 내게 능치 못한 일이 있겠느냐.(예레미아 32장 27절)

❼❼ 한 가슴에 난 상처를 치유할 수 있다면 나는 헛되이 산 것이 아니리라. 한 인생의 아픔을 달래 줄 수 있다면, 한 고통을 위로할 수 있다면 나는 헛되이 산 것이 아니리라.

❼❽ 생의 마지막에 이르러 주님은 우리에게 얼마나 소유했느냐가 아니라 얼마나 사랑했느냐를 물을 것이다.

❼❾ 나의 촛불이 꺼지지 않기를 바란다면 다른 사람의 손에 불을 붙여야 한다는 것을 나의 촛불이 꺼진 다음에야 깨달았습니다.

❽⓿ 책이 없다면 신도 침묵을 지키고 정의는 잠자며 자연 과학은 정지되고 철학도 문학도 말이 없을 것이다.(토마스바 트린)

❽❶ 인간 생명과도 같은 배아줄기세포를 연구하는 것은 옳지 않다.(김수환 추기경)

❷ 배아를 인간 생명으로 생각하기 때문에 황우석 교수의 배아줄기세포 연구에 대해 찬성할 수 없다.(7월 22일 김수환 추기경의 말)

❸ 행운의 여신은 대담한 자의 편을 든다.(베르길리우스)

❹ 바람이 불 때 연이 높이 오를 수 있는 절호의 기회다.(마쓰시다고노스께)

❺ 목적을 다 이루었을 때쯤 실패의 위험이 가장 크다. 배는 해변에서 잘 난파한다.(베르네)

❻ 무슨 일이든지 결정을 내릴 때마다 무엇보다도 그 결정을 주관하시는 하나님의 주권에 겸손히 순종해야 한다.(게리프리슨)

❼ 찬양은 믿는 자의 가슴에 파놓은 고랑이다. 이를 통해 하나님 영광의 물줄기가 흐른다.(핸슨)

❽ 주님 앞에서 뼈아픈 눈물을 흘리는 것이 주님 없이 웃는 것보다 훨씬 소망이 있다.

❾ 너의 행사를 여호와께 맡겨라. 그리하면 너의 경영하는 것이 이루리라.(잠언 16:3)

❿ 없는 손가락과 다리만 생각하지 말고, 있는 손가락으로 하나님께 어떻게 영광을 돌릴지를 생각하라.(이희아: 남들은 손가락이 10개지만 이희아 양은 4개임)

⓫ 옳은 가치 있더라도 실천할 의지 없다면 무슨 소용이 있으랴!

⓬ 너희가 할 수 있는 모든 곳에서, 너희가 할 수 있는 모든 일에, 너희가 할 수 있는 모든 최선을 다해라.(김민경 통계청 차장: 여성 최

초의 1급 공무원이라고 함)

❾❸ 그리스도인의 삶은 밖으로 나가는 길이 아니라, 삶을 뚫고 지나는 길이다.(빌리 그레이엄)

❾❹ 사랑을 베풀면서 대가를 바란다면 그 사랑이 미움으로 바뀔 수도 있다.

❾❺ 아무것도 바라지 않는 마음으로 내 것을 베풀 줄 아는 것이 진정한 사랑의 실천이다.

❾❻ 확신에 넘치는 그리스도인은 입술보다는 삶을 우선하고, 혀보다는 손이 빠르다.(토마스 브룩스)

❾❼ 행복의 원칙: 어떤 일을 할 것, 어떤 사람을 사랑할 것, 어떤 일에 희망을 가질 것.(칸트)

❾❽ 아무것도 하지 않아 녹슬어 없어지는 인생이 되지 말고, 열심히 일하여 닳아서 없어지는 인생이 되라.

❾❾ 권력자의 줄을 붙드는 것보다 하나님의 줄을 붙잡는 것이 훨씬 더 좋다.

❿❿ 내일은 새날이다. 과거의 불쾌감이 끼어들지 못하도록 상쾌하고 활기찬 기분으로 내일을 시작하라.

샬롬

❶ 하나님을 위하여 위대한 일을 시도하라. 그리고 하나님으로부터 위대한 것을 기대하라.(윌리엄 캐리)

❷ 작은 상인은 재물에 투자하고, 큰 상인은 사람에 투자한다.

❸ 과거와 현재가 아무리 어둡다 하여도 그리스도와 함께하는 미래는 밝다.

❹ 세상을 보는 데는 두 가지 방법이 있다. 한 가지는 모든 만남을 우연으로 보는 것이고, 다른 하나는 모든 만남을 기적으로 보는 것이다.(아인슈타인)

❺ 아무리 위대한 천재의 능력이 있을지라도 기회가 없으면 아무 소용이 없다.(보나파르트 나폴레옹)

❻ 자기 자신만을 위하여 곱게 화장을 한 손보다는, 남을 위하여 일하느라 거칠어진 손이 얼마나 더 아름다운가……

❼ 기도 없이 그리스도인이 되려는 것은 숨쉬지 않고 살려는 것보다 더 불가능하다.(마르틴 루터)

❽ 모이는 것이 시작이고 함께 있는 것이 과정이고 협력하는 것이 성공이다.

❾ 세상이 나에게 준 것보다 더 많이 세상에 되돌려 주는 것, 그것이 바로 성공이다.(헨리 포드)

❿ 돈을 벌기 위해서 머리가 있다면, 돈을 훌륭히 쓰기 위해서는 마음이 있다.(앙드레 지드)

⓫ 큰 집에 산다고 거만 떨지 말고, 지하 셋방에 산다고 기죽지 마세요. 우리 집은 예루살렘이요, 우리 집은 하나님이 계세요.(하용조 목

사님 말씀)

❶❷ 명품을 부러워하는 인생이 되지 말고, 하나님 앞에서 내 삶이 명품
이 되게 하라.

❶❸ 작은 보살핌과 돌봄은 지친 나그네에게 건네는 한 모금의 물과 같
아 생명수가 된다.

❶❹ 해변을 떠날 용기가 없다면 결코 새로운 바다를 발견할 수가 없다.

❶❺ 당신의 재산은 가난한 사람들에게, 당신의 영적인 유산은 자녀들에
게, 당신의 마음은 하나님께 드려라.

❶❻ 찬양은 믿는 자의 가슴에 파놓은 고랑이다. 이를 통해 하나님 영광
의 물줄기가 흐른다.(핸슨)

❶❼ 하나님의 영광을 위하여 시간을 내라. 그것은 인생의 영원한 투자이다.

❶❽ 권력자의 줄을 붙잡는 것보다는 하나님의 줄을 붙잡는 것이 훨씬
더 좋다.

❶❾ 하나님의 부르심에 응답하는 것은 인생의 가장 위대한 모험이요 인
생의 가장 멋진 여행이다.(오스기니스)

❷⓿ 마음이 보통 부자는 아는 사람에게만 손을 편다. 하지만 마음이 큰
부자는 낯선 사람에게도 손을 편다.

❷❶ 감사하는 마음 밭에는 실망의 씨가 자랄 수 없다.(쉐퍼)

❷❷ 말을 백 마리나 가진 사람도 채찍 하나 때문에 다른 사람의 신세를
져야 할 때가 있다.(헬레나노르)

❷❸ 승리는 강한 자의 것이 아니고 그리스도를 신뢰하는 자의 것이다.
(폴 니그럿)

❷❹ 주님 앞에서 뼈아픈 눈물을 흘리는 것이, 주님 없이 웃는 것보다 훨
씬 더 소망이 있다.

❷❺ 눈물 젖은 빵을 먹어 보지 않은 사람은 인생의 참맛을 모른다.(괴테)

❷❻ 우리가 비록 태어나고 죽는 것을 '선택'할 수는 없지만, 그 사이에
있는 모든 것들은 '선택'할 수 있다.

❷❼ 베푸는 행위는 보험에 드는 것과 비슷하다. 베푸는 일은 하나님의
은혜를 저장해 놓는 것과 같다.

❷❽ 인생은 짧고 마음을 기쁘게 해 줄 시간이 충분하지 못하니, 사랑을
신속히 하고 친절하기를 서두르라.(아미엘)

❷❾ 선을 베푸는 데 너무 빠른 경우는 없다. 순식간에 너무 늦은 상황이
되기 때문이다.(랠프 에머슨)

❸⓿ 세상에서 가장 줄을 잘 서는 방법은 하나님께 기도하는 것이다.

❸❶ 달란트란 하나님이 값없이 주신 귀한 선물이지만, 달란트를 최대한
활용하여 남을 위해 사용해야 한다.

❸❷ 우리가 남에게 사랑을 베풀면 하나님이 우리에게 몇 배로 갚아 주
신다. 정말 멋지지 않은가!……

❸❸ 멋진 실패에는 상을 주고, 평범한 성공에는 벌을 주라.(세계 3대 경
영석학 톰 피터스)

❸❹ 기쁨을 몇 곱절로 누리려면 하나님으로부터 받은 축복을 세어 보아

야 한다.

❸❺ 나는 생각과 말의 힘을 발견한다. 생각을 바꾸면 세상을 바꿀 수 있다.(노먼 빈센트)

❸❻ 자동차에 연료 주입구가 하나이듯, 영적 연료 주입구는 성령의 주입구밖에 없다.

❸❼ 옳다면 비난을 절대 두려워하지 말고, 틀렸다면 비난을 절대 묵살하지 말라.

❸❽ 나무를 심을 때 썩어져 가는 고목이 아니라, 묘목을 심는 것은 장래에 숲이 될 것을 기대하기 때문이다.

❸❾ 하나님께서도 당신의 성공을 원하신다. 위대한 성공을 그려라.

❹⓿ 감사는 최고의 항암제요, 해독제요, 방부제다.(존 헨리)

❹❶ 자기를 돕는 이가 전능하신 하나님이라는 것을 기억한다면 그는 결코 절망을 모를 것이다.(무디)

❹❷ 세상이 야속하다고 하지 말고, 세상에서 없어서는 안 될 사람이 되라. 세상이 찾는 사람이 되라.(에머슨)

❹❸ 기회는 모든 사람들의 문을 두드리지만, 그 노크 소리는 집중하는 사람만 들을 수 있다.

❹❹ 남을 베푼 '배려' 행복과 성공으로 돌아온다. 다른 사람을 위한 배려는 바로 나 자신을 위한 배려이다.

❹❺ 참사랑은 입술로가 아니라 손끝으로 증명된다. 하나님이 두 손을 주신 것은 한 손은 자신을 위해서, 또 한 손은 다른 사람을 위해서 쓰

라는 뜻이리라.

❹❻ 하나님의 말씀이 당신의 생각을 채우고, 당신의 마음을 지배하고, 당신의 혀를 다스리게 하라.

❹❼ 성공을 향해 쏘라. 당신이 쏘지 않은 슛은 100% 골대로 들어가지 않는다.(웨인 크레츠카)

❹❽ 베푸는 삶을 살라. 씨를 뿌리면 성장한다. 하나님이 주신 기쁨을 다른 사람과 나누라.(조엘 오스틴 목사님)

❹❾ 오늘부터 당장 베푸는 삶을 시작하라. 베푸는 법을 배우기 전에는 사는 법을 배웠다고 할 수 없다.

❺⓿ 좋은 사람은 모세혈관까지 '섬김'이라는 피가 쉬지 않고 24시간 돌아가는 하나님의 사람이다.

❺❶ 확신에 넘치는 그리스도인은 입술보다는 삶을 우선하고, 혀보다는 손이 빠르다.(토마스 브룩스)

❺❷ 타인에게 베푼 작은 사랑이 돈으로도 갚을 수 없는 큰 재산이 될 것이다.

❺❸ 하나님의 능력이 한계에 도달하는 일은 절대로 없다.(허드슨 테일러)

❺❹ 나 하나 잘 먹고 잘살다가 편히 죽으면 그만이란 생각은 미물의 짐승만도 못한 저열한 생각이다.

❺❺ 자기 자신은 풍족하게 행복하게 살면서 늙은 부모는 모시지 않는 사람이 있다. 이것은 파멸의 문이다.

❺❻ 성공의 사다리를 올라갈 때 그 사다리를 붙들어 주신 하나님을 잊

지 말라.(엔리코 카루소 이탈리아 태너 가수)

57 잘못한 것이 문제가 아니라, 그 잘못을 반성하지 않는 것이 문제이다.(김수환 추기경님)

58 기도는 하나님의 은혜와 능력이 가득 쌓여 있는 창고 문을 여는 열쇠이다.

59 의심의 눈을 뜨면 세상에 갇힌다. 믿음의 눈을 뜨면 매 순간 기적을 느낀다.(하용조 목사님)

60 장미의 가시에 불평하지 말고, 가시 속에 핀 장미꽃을 보고 하나님께 감사하라.

61 남을 사랑하는 것이 나를 사랑하는 것이요, 남을 돕는 것이 곧 나를 돕는 것이다.

62 하루라도 성경을 읽지 않으면 입안에 가시가 돋친다.(안중근 의사의 말을 약간 변경해서)

63 하늘나라로 통하는 전화선이 통화 중인 경우는 일평생 단 한 번도 없다.

64 나 혼자만의 기쁨과 행복만으로는 이 땅의 행복을 바구니에 담을 수 없으며, 진정으로 행복할 수도 없다.

65 노무현 대통령은 국민들이 불이나 물에 빠지면, 마치 그것이 자기 자신이 불이나 물에 빠진 것처럼 생각해야 한다.(그것이 진정한 시도자가 아닌가!……)

66 성공은 행운의 티켓이 아니라 불타는 집념과 뜨거운 열정으로만 행동하는 자에게 주어지는 특권이다.

❻❼ 누구나 마음가짐에 따라서 인생은 꽃 마당이 될 수도 있고, 험악한 지옥이 될 수도 있다.

❻❽ 도박과 놀음은 유전되고 중독되면 안 되지만, 사랑과 나눔은 유전되고 중독되어야만 한다.

❻❾ 날마다 충전해야 하는 것은 핸드폰만이 아니다. 우리는 하나님으로부터 날마다 은혜의 충전을 받아야 한다.

❼⓪ 강을 거슬러 헤엄치는 사람만이 물결의 세기를 알 수 있다.(쇼펜하우어)

❼❶ 남이 안 하려는 것에 도전하고, 남이 안 하는 것을 창조하고, 남이 못 하는 것을 하는 용기가 필요하다.

❼❷ 보잘것없는 연탄 한 장이 뜨거운 사랑으로 빨갛게 달아오를 수 있다. 소외된 이웃을 사랑하라.

❼❸ 새벽에 일어나 기도하고 공부하고 노력하는데도 좋은 일이 일어나지 않는다고 말하는 사람을 본 적이 없다.(앤드류 매터스)

❼❹ 핵실험을 한 김정일 정권은 핵무기라는 악성 종양을 안고 반드시 붕괴할 것이다. 그것이 하나님의 뜻이리라.

❼❺ 포기하지 말라. 포기하지 말라. 절대 포기하지 말라. 무슨 말이 더 필요한가! 단 한 번뿐인 인생인데!!

❼❻ 긍정적인 생각은 안중근, 부정적인 생각은 이완용, 긍정적인 생각은 주님, 부정적인 생각은 마귀이다.

❼❼ 남에게 잘 보이려는 사람이 되지 말고, 가치 있는 사람이 되려고 노

력하라.(알베르트 아인슈타인)

❼❽ 김정일 핵무기의 힘보다도 기도의 힘이 더 세다. 기도에는 김정일도
꼼짝 못한다.

❼❾ 파손된 액자 속에도 가장 아름다운 그림이 들어갈 수가 있다.(보즈)

❽⓪ '마음의 라식수술'을 하고 나면 그동안 잘 안 보이던 행복이 선명하
게 보인다. 이것이 '행복철학'이다.

❽❶ 사막이 아름다운 것은 어딘가에 샘이 있다고 믿기 때문이다. 믿음의
사람은 기다리지 않고 샘을 파는 사람이다.

❽❷ 낙엽이 썩어야 거름이 되고, 열매가 썩어야 그 씨가 퍼져 몇 십 배
의 결실을 가져온다. 한 알의 밀알이 되라.

❽❸ 인생의 성공은 주어진 환경이 결정하는 것이 아니라, 환경에 대한
사람의 태도가 결정한다.

❽❹ 기도와 믿음을 통해 하나님의 전능하심이 우리의 무능을 보충할 것
이다.(H. 엘링슨)

❽❺ 주님께서 주신 빛나는 달란트를 등불 삼아 주님의 위대한 영광을
위하여 성공으로 항해하라.

❽❻ 번개가 치면 천둥이 따라오듯, 은혜를 받으면 감사가 따라온다.(칼
바르트)

❽❼ 실패에 대한 두려움을 버리고 시작조차 하지 않는 자신을 두려워하
라.(피라니아 이야기의 저자 호아킴 데 포사다)

❽❽ 좋은 친구와 사귀어야 하지만, 먼저 나 자신부터 스스로 좋은 친구

가 되어야 한다.

❽❾ 누군가를 이기고 최고가 되어 있는 사람이 아니라, 최고가 되기 위해 최선을 다하는 사람이 바로 챔피언이다.

❾⓿ 노아와 아브라함, 이삭, 야곱 등등 하나님의 사람들의 특징은 절대로 포기하지 않는 것이다.

❾❶ 정상을 향해 도전하는 사람만이 정상에 오를 수 있다. 도전하며 개척하라.(원 베네딕트 선교사)

❾❷ 성공한 사람은 기회를 마음에만 두지 않는다. 생각만 하고 행동하지 않으면 아무 일도 일어나지 않는다.

❾❸ 기적은 대개 부지런하고 열심히 그것을 좇는 사람에게 찾아간다. 앉아서 기적을 기다리는 사람에게는 영원히 찾아오지 않는다.(클레망스)

❾❹ 마른 뼈가 군사가 되었던 것처럼(에스겔 37:10) 생기를 불어넣는 새벽기도가 되게 하여 주시옵소서. 아멘.

❾❺ 만일 내가 비라면 물이 없는 곳으로, 만일 내가 옷과 음식이라면 세상의 헐벗고 배고픈 이들에게 먼저 갈 것입니다.

❾❻ '박무학' 선교사님의 손에 항상 축복을 지니고 다니세요. '박무학' 선교사님의 삶에 축복의 꽃비가 내리시기를 기도해요.

❾❼ 4월의 봄바람이 머리를 맑게 하듯이 성령의 싱그러운 바람이 '박무학' 선교사님께 임하게 하옵소서. 아멘.

❾❽ 주님! 좋은 밭으로 변화되어 30배, 60배, 100배의 열매 맺는 그리스도인의 삶을 살게 하옵소서.(마태복음 13장 8절, 23절) 아멘.

☺ '악몽'

어느 부부가 잠을 자고 있었다.

그런데 남편이 벌떡 일어나더니 땀을 뻘뻘 흘리고 있었다.

부인: 당신 왜 그래요?

남편: 나 지금 아주 끔찍한 악몽을 꿨어

부인: 무슨 꿈인데요?

남편: 이효리와 당신이 나를 차지하려고 피터지게 싸우다가

(이효리가 이기기를 간절히 기도했는데......) 결국은 당신이 이기고 말았어......

☺ '고추가 너무 매워서'

서로 사랑하는 남녀가 결혼을 했다.

둘은 결혼식을 마치고 신혼 여행지에 도착하여,

첫날밤을 황홀하게 보내고 다음 날이 되었다.

다음 날 일어나기 바쁘게 신부는 계속 물을 마셨다.

신랑: 아니 무슨 물을 그렇게 많이 마셔?

신부: 응. 어젯밤 밤새도록 먹은 고추가 너무 매워서?!......

☺ '천국에 가려면'

주일학교 선생이 아이들에게 물었다.

"여러분 ~ 만약 선생님이 집과 자동차를 팔아서

그 돈을 모두 교회에 기부한다면 천국에 갈 수 있을까요?"

아이들은 일제히 "아니요!" 라고 대답했다.

"그렇다면 만약 선생님이 매일매일 교회 청소를 한다면 천국에 가게 될까요?"

아이들의 대답은 역시 "노!" 였다.

"그럼 선생님이 애완동물을 잘 보살펴 준다면 천국에 갈 수 있을까요?"

"아뇨!"

"그럼 어떻게 해야 천국에 갈 수 있나요?"

한 다섯 살 꼬마 아이가 소리쳤다.

.

.

.

"죽어야죠!" ......

😊 '아빠와 아들'

바닷가에 놀러 온 한 꼬마가 엄마에게 물었다.

꼬마: 엄마, 수영해도 돼요?

엄마: 물이 너무 깊어서 안 돼! 위험해!

꼬마는 엄마를 다시 졸랐다.

꼬마: 하지만 아빠는 수영하고 있는데......

그러자 엄마가 대답했다.

.

.

.

"아빠는 큰 보험에 들었단다." ......

임마누엘

어느 날 밤, 한 사람이 꿈을 꾸었다. 꿈속에서 그는 예수님과 함께 해변을 산책하고 있었다.

그리고 하늘 저편에서는 그가 지금까지 살아온 삶의 모든 장면들이 영화처럼 상영되고 있었다.

각각의 장면마다 그는 모래 위에 새겨진 두 줄의 발자국을 발견했다.

하나는 그의 것이었고, 다른 하나는 예수님의 발자국이었다.

그가 살아오는 동안 예수님이 언제나 그와 함께 걸었던 것이다.

그리고 그 생애에서 가장 절망적이고 슬픈 시기마다 발자국이 한 줄이었다는 사실을 깨달았다.

그래서 그는 예수님께 따졌다.

"예수님, 예수님은 언제나 저와 함께 걸어갈 것이라고 약속하셨습니다. 하지만 제 인생에서 가장 힘든 시기들을 되돌아보니 거기에는 발자국이 한 줄밖에 없었습니다."

예수님이 말씀하셨다.

"네가 가장 힘들고 고통스러웠을 때마다 모래 위에 발자국이 한 줄밖에 없는 것은, 그때마다 내가 너를 업고 걸어갔기 때문이다. 그것은 나의 발자국이란다."

우리는 혼자서 고난의 길을 걸어온 것처럼 착각하지만, 예수님은 바로 당신을 너무나 사랑하신다는 사실을 인정하라.

('하용조' 목사님의 설교 중에서 발췌함)

변화된 자신

> **'변화된 자신을 위한 10가지'**
>
> 1. 자신을 향한 비난을 멈추라
> 2. 타인을 이해하듯 나를 이해하고 격려하라
> 3. 나 스스로에게 용기를 주라
> 4. 현재 내 모습 그대로를 인정하라
> 5. 과거의 나를 깨끗이 용서하라
> 6. 나도 변화될 수 있다고 확신을 가져라
> 7. 내게도 장점이 한 가지 정도는 있다는 것을 깨달아라
> 8. 장점을 최대한 키워 가라
> 9. 남을 사랑하는 마음을 가져라
> 10. 나는 과거의 내가 아니라고 선언하라
>
> * 이것은 제가 그전에 읽었던 신문에서 메모해 두었던 것인데, 한번 읽어 보시고 유익이 되시면 좋겠고 유익이 안 되시면 없애 버리세요. 저에게는 유익이 되어 가끔 읽어 보곤 한답니다.

🌱 길이 없으면 길을 찾고 찾아도 없으면 길을 만들어 가면 된다.(정주영 회장)

🌱 창조적 발상과 혁신으로 도전하라. 창조적 리더만이 살길이다.(이건희 회장의 2007년 신년사에서)

🌱 성공한 사람은 기회를 마음에만 두지 않는다. 생각만 하고 행동하지 않으면 아무 일도 일어나지 않는다.

🍃 그릇이 작으면 하고 싶은 일을 할 수 없다. 상상력이야말로 우리가 가지고 있는 최대의 금광이다.

🍃 꿈꾸는 대로 살라. 당신이 도전할 수 있는 가장 큰 모험은 꿈꾸는 삶을 사는 것이다.(오프라 윈프리 여자 방송인)

🍃 유능한 선장은 거센 폭풍우 속에서만 만들어진다. 폭풍우 속으로 돌진하라.

🍃 힘은 뼈와 근육에서 나오는 것이 아니라 불굴의 의지에서 나온다. (마하트마 간디)

🍃 포기하지 말라. 모세도 한때는 갈대상자 속에 있었다. 무지개를 보고 싶다면 폭풍우를 이겨내야만 한다.

🍃 주님께서 주신 빛나는 달란트를 등불 삼아 주님의 위대한 영광을 위하여 성공으로 항해하라. 할렐루야. 샬롬.

소중한 것

'우리에게 정말 소중한 것은'

정녕 중요한 것은 당신이 어떤 차를 모느냐가 아니라
얼마나 많은 사람들을 태워 주느냐는 것이다.

정녕 중요한 것은 당신이 사는 집의 크기가 아니라
얼마나 많은 사람들을 집으로 초대하느냐는 것이다.

정녕 중요한 것은 당신의 사회적 지위가 아니라
당신의 삶을 어떤 계층의 사람들과 더불어 살아가느냐는 것이다.

정녕 중요한 것은 당신이 무엇을 가졌는가가 아니라
남에게 무엇을 베푸느냐는 것이다.

정녕 중요한 것은 얼마나 많은 친구를 가졌는가가 아니라
얼마나 많은 사람이 당신을 친구로 생각하느냐는 것이다.

정녕 중요한 것은 얼마나 많은 일을 했느냐가 아니라
당신의 가족과 사랑하는 이들을 위하여 보낸 시간이 얼마나 되느냐는 것이다.

정녕 중요한 것은 당신이 좋은 동네에 사느냐가 아니라
당신이 이웃 사람들을 어떻게 대하느냐는 것이다.

(' 행복 찾기 ' 중에서)

주님! 언제나 하나님의 형상으로 창조된 존귀한 존재임을 잊지 않게 하여 주시고, 하나님과 교제하는 가운데 주의 명령을 준행하게 하여 주세요.

'무엇이 인생길을 아름답게 하는가?'를 늘 곰곰이 생각하는 주님의 자녀가 되게 하여 주세요.

인생의 역경을 만날 때 주의 이름을 부름으로 승리와 영광을 얻게 하여 주세요.

늘 눈동자와 같이 지켜 주시고 함께하여 주시는 우리 구주 예수님의 이름 받들어 기도하옵나이다. 아멘. 할렐루야.

주를 향하여 손을 펴고 내 영혼이 마른 땅같이 주를 사모하나이다. (시편 143편 6절)

여호와께서 복을 주시므로 사람으로 부하게 하시고 근심을 겸하여 주지 아니하시느니라.(잠언 10장 22절) 아멘. 샬롬.

어린이날

' 어린이를 사랑으로 '

만약 어린아이가 꾸지람을 받으면서 살아가게 된다면
    남을 비난하는 법을 배우게 된다.
만약 어린아이가 적개심을 품고 살아가게 된다면
    싸우는 것을 배우게 된다.
만약 어린아이가 수치심을 느끼며 살아가게 된다면
    죄의식을 배우게 된다.
만약 어린아이가 관대한 대우를 받으며 살아가게 된다면
    남을 신뢰하는 법을 배우게 된다.
만약 어린아이가 격려를 받으며 살아가게 된다면
    고마워하는 법을 배우게 된다.
만약 어린아이가 공평한 대우를 받으며 살아가게 된다면
    정의로움을 배우게 된다.
만약 어린아이가 보호를 받으며 살아가게 된다면
    남을 믿는 법을 배우게 된다.
만약 어린아이가 풍성한 인정 속에서 살아가게 된다면
    자신을 사랑하는 법을 배우게 된다.
만약 어린아이가 친구들과의 우정 속에서 살아가게 된다면
    이 세상에서 사랑을 배우게 된다.

(도로티 로톨트 여사)

🍃 마땅히 행할 길을 아이에게 가르치라 그리하면 늙어도 그것을 떠나지 아니하리라.(잠언 22:6)

🍃 예수께서 말하되 그들이 하는 말을 듣느냐 예수께서 이르시되 그렇다 어린 아이와 젖먹이들의 입에서 나오는 찬미를 온전케 하셨나이다 함을 너희가 읽어 본 일이 없느냐 하시고 (마태복음 21:16)

🍃 아이들을 예수께 데려오라. 아이들이 주님의 팔 안에서 만족을 누릴 것이다.(구스타프 에릭슨)

사랑의 대화

'사랑의 대화'

사랑의 대화는
가난을 이기게 만듭니다.
사랑의 대화가 있는 곳에는
고난을 극복할 수 있는 능력이 생깁니다.
사랑의 대화가 있는 곳에는
마음의 병을 치료해 주는 역사가 일어납니다.

"선한 말은 꿀송이 같아서 마음에 달고 뼈에 양약이 되느니라." (잠언 16장 24절)
선한 말은 어떤 내용을 담고 있는 말입니까?
형제의 아픔을 치료해 주기 위해서
자기의 잘못을 형제에게 고백하며
대화하기를 원하는 말이 선한 말입니다.
남을 용서하며 사랑으로 덮어 주기 위해서
눈물로 대화를 나누는 그 말이 선한 말입니다.
그 선한 말은 너무나 귀한 것이어서
꿀송이 같다고 했습니다.
또 그 말을 듣는 사람은 그가 가지고 있던
질병을 치료받을 수 있다고 했습니다.
뼈가 썩는 것 같은 고통을 느끼는 사람이라 할지라도
선한 말을 듣는 그 순간,
그 뼈의 모든 상처가 아무는 것입니다.
이만큼 사랑의 대화는 중요합니다.

('옥한흠' 목사님의 『예수 믿는 가정 무엇이 다른가』 중에서)

🍃 누구든지 하늘에 계신 내 아버지의 뜻대로 하는 자가 내 형제요 자매요 모친이니라.(마태복음 12:50, 마가복음 3:35)

🍃 형제를 사랑하여 서로 우애하고 존경하기를 서로 먼저하며 부지런하여 게으르지 말고 열심을 품고 주를 섬기라.(로마서 12:10~11)

🍃 사랑하는 자들아 하나님이 이같이 우리를 사랑하셨은즉 우리도 서로 사랑하는 것이 마땅하도다.(요한일서 4장 11절)

🍃 너희 모든 일을 사랑으로 행하라.(고린도전서 16장 14절) 아멘. 샬롬.

유머 우등생

‘유머 체크리스트’

전혀: 1점,   드물게: 2점,   가끔: 3점,   종종: 4점,   항상: 5점

1. 유머를 다섯 개 이상 구사할 수 있다.
2. 아는 유머라도 처음 듣는 것처럼 크게 웃어 준다.
3. 책이나 신문에서 유머코너를 즐겨 읽는다.
4. 내가 우스꽝스럽게 여겨지는 것을 개의치 않는다.
5. 나의 실수를 웃음으로 넘길 수 있다.
6. 남의 실수도 웃음으로 넘길 수 있다.
7. 가족들과 하루에 한 번 이상 웃는다.
8. 다른 사람과 함께 크게 웃는 편이다.
9. 나 때문에 남이 즐거워하는 것을 보는 것이 즐겁다.
10. 나는 소리 내어 크게 웃는 편이다.
11. 웃음은 좋은 관계를 빚어낸다고 믿는다.
12. 분위기를 바꾸기 위해 유머를 적극 활용한다.
13. 거울을 보며 표정연습을 할 때가 있다.
14. 꿈에서 웃어 본 일이 있다.
15. 사람들은 재미있는 일을 위해 나를 찾는다.
16. 유머를 생각하며 혼자 웃을 때가 있다.
17. 같은 말을 더 재미있게 말하려고 노력한다.
18. 기분을 상하게 하는 유머는 사용하지 않는다.
19. 최근의 유머 경향을 안다.
20. 나는 웃는 얼굴이 어울린다.
21. 일하면서 웃는 것은 자연스러운 일이다.
22. 최악의 상황에서도 희망은 있다고 믿는다.
23. 웃음으로 누군가의 기분을 바꾸어 준 일이 있다.
24. 웃음에 관한 격언을 다섯 가지 이상 말할 수 있다.
25. 웃음에 관한 자료를 찾으려고 노력한다.

❧ 90~125점: 당신은 유머 우등생입니다. 웃음과 함께 사는 건강한 사람이네요. 자신의 아픔조차 승화해 내는 유머를 아는 당신, 멋집니다.

75~89점: 당신은 무한한 잠재력을 갖춘 유머 화산입니다. 조금만 노력하면 행복대사가 될 수 있습니다. 웃으니까 행복지수가 올라간다는 연구결과가 있어요. 조금만 더 투자해 보는 당신, 성공하세요.

74점 이하: 지금은 비록 유머 낙제생이지만 무한한 가능성이 그만큼 있습니다. 우울한 인생가치를 가지고 있지는 않은지 되돌아보고 필요한 부분을 개선한다면 당신의 인생도 역전 가능합니다. 자신의 약점을 승리로 바꾸는 당신, 멋집니다.

(자료: 하이패밀리, 참고로 하이패밀리 대표는 '송길원' 목사님입니다)

❧ 웃음이 생활이 되기 위하여

1. 정말 재미있는 농담을 하나쯤 외워두라.

2. 친구들과 함께 웃음 클럽을 만들라.

3. 코미디 비디오를 모아두었다가 스트레스를 많이 받는 날에 보라.

4. 유머를 나누라. 재미있는 이야기를 들으면 주위 사람들에게 이야기해 주고 모두 함께 웃으라.

5. 냉장고 문에 재미있는 만화를 붙여두라. 스마일 스티커를 자동차, 거울이나 컴퓨터 등에 붙여 놓으면 볼 때마다 기분이 좋아진다.

6. 세상만사를 너무 심각하게 생각하지 말라.

7. 스케이트, 살사댄스, 수중에어로빅 등 새로운 취미를 시작하라. 무엇이든 처음 시작할 때는 신나게 웃을 일이 많은 법이다.

8. 하루 정도 날을 정해 놓고 제일 먼저 보거나 듣는 방송이 가벼운 토크쇼나 코미디 프로가 되게 하라. 그날 아침은 심각한 뉴스를 보지 않는 날로 정하라.

(BBC 다큐멘터리 '행복'에서 제시한 글을 도서출판 '예담'이 게재한 것임)

☻ 가장 따뜻한 바다

김 집사는 교회에서 박 집사로부터 재미난 유머 하나를 들었다.

이 세상에서 제일 찬 바다는 '썰렁해'래, 그럼 제일 따뜻한 바다는 뭘까?

그렇게 물으면 남편이 '사랑해'라고 대답한다는 것. 사랑 고백에 목말라하던 우리
    의 김 집사.

집에 와서 남편에게 그대로 말했다. "여보 이 세상에서 제일 찬 바다는 '썰렁
    해'래요.

그럼 제일 따뜻한 바다는 뭐게요?"

김 집사의 남편 왈, "열바다!"

☻ 사탄은 있을까?

주일학교에서 사탄에 대해 배우고 난 우리의 철수 군.

집에 돌아오면서 형과 대화를 나누는데.

철수: 형, 사탄이 정말 있을까?

형 : 그럼, 당연히 있지.

철수: 어? 어떻게 알아?

형 : 너 어릴 때 산타크로스 할아버지가 있다고 믿었지?

철수: 응.

형 : 그런데 커서 보니 산타크로스가 누구던?

철수: 아빠.

형 : 그래, 바로 그거야. 니 아빠가 사탄인지 몰라.

☻ 달고 나왔어요

부산의 미녀교회에 다니는 처녀와 대구의 미남교회에 다니는 총각이 맞선 자리에서 인적
상황을 묻다가 부산 처녀가 질문을 했다.
"고등학교는 어데 나왔는데예?"
그러자 대구 달성고등학교를 졸업한 대구 총각이 대답을 했다.
"저예, 달고(달성고의 줄임말) 나왔습니더."
그러자 부산 처녀 왈, "짜슥, 남자라는 것 디게 자랑하네.
니는 달고 나왔나? 그래, 나는 째고 나왔다."

부모의 교육

1889년, 역사를 바꾸어 놓는 두 아이가 태어났다.

한 아이는 사촌 간인 오스트리아인 부부 사이에서 출생했다.

아버지를 일찍 여읜 소년은 알코올 중독자인 숙모 밑에서 성장했다.

그는 16살 때 학교를 중퇴하고 극렬분자가 됐다. 그의 이름은 아돌프 히틀러다.

같은 해 미국 텍사스에서 태어난 아이는 부모의 사랑과 관심을

받으며 자라서 웨스트포인트 사관학교에 입학했다.

소년의 이름은 드와이트 아이젠하워. 두 사람은 제2차 세계대전에서 만났다.

한 사람은 분노의 독기를 발산했고 다른 한 사람은 평화를 외쳤다.

히틀러가 56살에 대피소에서 자살했을 때 동정하는 사람이 없었고,

아이젠하워가 80세에 눈을 감을 때는 세계가 애도했다.

상반된 부모의 교육이 두 아이의 운명을 갈라놓았다.

("부모의 교육" 에서)

부모의 하기에 따라서 히틀러가 될 수도 있고 아이젠하워가 될 수도 있을 것이에요. 세상에 악한 부모란 없는데, 모두 다 좋은 부모이지만 단지 자녀의 꿈을 이루어 주는 부모가 될 것이냐, 아니면 꿈을 가로막는 부모가 될 것이냐의 차이라고 생각을 해 봅니다. 좋은 부모는 주의 교양과 훈계로 자녀를 양육한다고 우리는 성경에서 교회에서 목사님의 말씀을 통하여 배웠어요. 교양을 가르친다고 하는 것은 하나님의 말씀을 따라 바르게 행동할 수 있는 태도를 갖도록 훈련하라는 것이고, 그런 태도를 갖지 않을 때는 체벌을 가해서라도 바른 자세를 가르치라는 것이겠지요. 훈계로 가르치라는 것은 하나

님의 말씀으로 교훈을 주라는 것일진대, 이성적인 이해와 판단력을 가지게 할 뿐만 아니라, 감동을 주어서 인격과 사상이 정립될 수 있도록 교훈을 주라는 것이 바로 훈계라고 봅니다. 가족이 둘러앉아 함께 하나님의 말씀을 나누고 기도할 때, 때로는 이것이 형식적이고 습관적인 것 같지만, 어린 시절부터 부모와 함께 신령과 진정으로 드리는 예배나 기도회는 자녀들에게 평생 잊지 않는 기억으로 남아 있으리라고 생각해요…….(저 자신이 이렇게 못 하고 있지만요……)

🍂 오직 주의 교양과 훈계로 양육하라.(에베소서 6장 4절)

🍂 어머니는 우리 마음에 온화함을 주고 아버지는 빛을 준다.(장 파울)

🍂 자녀들에게 가장 좋은 교육은 부부가 서로 뜨겁게 사랑하는 것이다.

🍂 너를 낳은 아비에게 청종하고 네 늙은 어미를 경히 여기지 말지니라.(잠언 23장 22절) 아멘. 샬롬.

분노 표현

'분노 표현하는 방법'

자기에게 상처를 주었거나, 지금도 계속 상처를 입히고 있거나, 혹은
화나게 만드는 상대방을 면책하는 과정에서 지침으로 삼도록 하기 위
해서 마련한 열 가지 제안이다.

❶ 상대방에게 개인적인 분노를 표현하라.

❷ 상대방의 잘못보다는 상처 입은 감정의 관점에서 말하라. 이렇게 할
  때 상대방이 화를 내거나 자기 방어를 하는 대신 귀를 기울여 들어
  줄 가능성이 높아진다.

❸ 논쟁의 초점을 문제의 핵심에 집중하라.
  옛날의 모든 불평들을 다 들먹거리지 말라.
  해결되지 않은 과거의 문제들이 있다면 다른 때에 다루어야 할 것이다.
  무슨 문제가 되었던지 분노가 일어나게 한 상황이나 분노의 원인을 다
  루도록 하라.

❹ 의사소통을 효과적으로 하여 서로를 좀더 잘 이해하도록 하고, 논쟁
  에서 이기고야 말겠다는 태도를 포기하도록 노력하라. 면책이 반드
  시 상대방의 사과를 얻어 내는 것으로 끝나야 하는 것은 아니다.

❺ 상대방에 대한 비판적인 논쟁을 부드럽고 긍정적인 분위기에서 나
  누도록 하라. 이렇게 하면 자기 방어 없이 자신에 대한 비판을 더
  잘 받아들일 수 있다. 무슨 말을 할 것인지를 미리 연습하도록 하라.

❻ 문제를 과장하거나 관계를 끊겠다는 위협을 하지 말라. 대부분의 문

제들은 그리 심각한 것이 아니다.

❼ 상대방이 반응을 보일 기회를 허락하라. 중간에 방해를 하지 말라.
상대방의 말에 귀를 기울이고 주의를 집중해서 그를 쳐다보라.
상대방이 말하는 동안에 자기를 방어할 준비만 하고 있지 말라.
다른 각도에서도 귀를 기울여 듣는 것이 문제 해결과 절충의 분위
기를 조성해 준다.

❽ 말을 할 때는 상대방이 한 말을 풀어서 설명하라.
그 사람의 말을 정확히 알아들었는지 확인해 보라.
그리고 상대방도 나를 정확히 이해했는지 확인해 보라.

❾ 상대방이 화를 내면 더욱 평온한 분위기를 유지하라.
조용히 그리고 천천히 말하라. 그 사람이 화를 누그러뜨릴 시간을
주라.

❿ 해결을 향한 방향으로 나아가는 데에 집중하라. 앞으로 어떻게 하면
관계가 개선될 수 있을지 물어보라.

'지나친 분노를 다스리는 법'

❶ 모든 것을 개인적인 침해, 감시, 상처 등으로 해석하지 않기 위해
노력하라.

❷ 자신의 태도와 반응을 기도 제목으로 삼고 기도하라.

❸ 지나친 분노를 죄로 시인하며 자백하라.

❹ 그리스도인은 서로 다투는 두 가지 욕심을 다스리는 법을 배워야 한다.

❺ 분노를 자신이 아니라 그것을 야기한 문제에 맞추라.

❻ 매일 성령에 굴복하라.

❼ 성경 읽기, 공부, 암송을 통해 하나님의 말씀이 자신의 삶에 뿌리내리도록 하라.

("기독교사역자 핸드북 전도와 상담안내"에서 인용함)

🍃 주님! '박무학' 선교사님과 영돈이가 이 세상을 살아갈 때 억울한 일을 당할 때가 있다면 힘으로 갚지 않게 하시고 오직 하나님의 공의로운 심판과 섭리에 맡기게 하여 주세요. 평상시에 의롭고 성실한 삶을 지속함으로, 위기의 때에 조금도 부끄러움이 없게 하여 주세요. 항상 하나님 앞에서 생활함으로써 영적 긴장감을 늦추지 않게 하시고, 도덕적 해이에 빠져 방자하지 않게 하여 주세요. 평화를 원하시는 우리 구주 예수님의 이름으로 기도하옵나이다. 아멘. 할렐루야.

🍃 한화그룹 김승연 회장이 자기 아들이 얻어맞고 들어왔다고, 하나님의 방식대로 해결하려 하지 않고 상대방을 폭행하여 세상에 큰 파장을 일으키고 있는데…… 하나님을 믿는다는 사람이 (성공회) ……. 참으로 딱한 일이에요. 그래서 이러한 글을 작성해 보았어요. 우리는 매일 하나님의 은혜에 충전을 받아야 하겠지요. 할렐루야.

🍃 모욕을, 치욕을 당해도 내가 그것을 받아들이지 않고 출입을 허용하

지 않으면 마음에 상처를 받지 않는다.

🍂 용서의 세 가지 열쇠를 실천하라. 상황을 용서하라. 사람을 용서하라. 자신을 용서하라.

🍂 남을 용서하지 못하고 전전긍긍하면 당신이 하나님께 용서받을 기회를 스스로 박탈하는 것이다.

🍂 성을 내고 화를 표출하는 것은 그동안 쌓은 복을 다 태워버리는 것이나 다름없다.

🍂 남을 용서하지 못하는 사람은 자신이 건너야 할 다리를 부수는 사람이다.(코리텐 붐)

🍂 미움은 다툼을 일으켜도 사랑은 모든 허물을 가리느니라.(잠언 10장 12절)

🍂 노하기를 속히 하는 자는 어리석은 일을 행하고 악한 계교를 꾀하는 자는 미움을 받느니라.(잠언 14장 17절)

🍂 분을 쉽게 내는 자는 다툼을 일으켜도 노하기를 더디 하는 자는 시비를 그치게 하느니라.(잠언 15장 18절)

🍂 노하기를 더디 하는 것이 사람의 슬기요 허물을 용서하는 것이 자기의 영광이니라.(잠언 19장 1절)

🍂 다툼을 멀리하는 것이 사람에게 영광이거늘 미련한 자마다 다툼을 일으키느니라.(잠언 20장 3절)

🍂 노하는 자는 다툼을 일으키고 분하여 하는 자는 범죄함이 많으니라.(잠언 29장 22절)

🍃 행복한 습관은 100배의 선물을 가져온다. 오늘 내 습관에 '불행'은
출입을 엄히 금한다.

🍃 충전을 받아야 하는 것은 핸드폰만이 아니다. 우리는 매일 하나님으
로부터 은혜의 충전을 받아야 한다.(변사또의 말) 할렐루야. 샬롬.

세상을 이기는 믿음의 그리스도인

이오갑(그리스도대 교수)

시편기자는 "여호와 우리 주여, 주의 이름이 온 땅에 어찌 그리 아름다운지요."라고 세상을 노래했다. 거기에는 시편기자의 마음 상태를 매우 잘 보여준다. 그것은 한마디로 가슴 벅찬 기쁨과 감동에 사로잡혀 있다는 것이다. 아마도 기자가 심한 병에 걸렸다가 다시 회복된 직후라든지, 장기간의 군역, 군복무를 마치고 고향에 돌아왔다든지, 심한 송사에 말려들었다가 승소했다든지, 빌려준 돈을 받지 못해서 고민하다가 기적적으로 돌려받게 되었다든지, 아니면 젊고 아리따운 여인과 사랑에 빠졌다든지 하는 그런 상황에 비견해 볼 수 있을 것이다. 그러니까 세상이 너무 아름다워 보이고, 이 세상을 지으시고, 이 세상에 살게 하신 하나님의 능력과 솜씨가 더 없이 귀하게 느껴졌던 것이다. 사실 시편기자는 감정을 절제하지 못하는 시들을 많이 보여주고 있다.

시편의 시들은 매우 격정적이고, 자기감정을 숨기거나 절제하지 않고, 솔직하게 표현한다. 시편기자가 고난에 처했을 때는 "어느 때까지나이까! 나의 뼈가 떨리고 나의 영혼도 심히 떨린다!"고 토로하고, 기쁜 일이 있을 때는 "내가 전심으로 여호와께 감사하고, 지극히 높으신 주의 이름을 찬송한다!"고 노래한다.

그러나 사실, 그런 상황이라는 조건을 떠나서도, 우리가 객관적으로, 이 세상을 바라볼 때, 이 세상 속에서, 창조주 하나님의 오묘하신 솜씨와 능력을 발견하고 그것을 찬양하게 되고,또 찬양할 수 있어야 한다. 자신이 조건이 좋을 때만 하나님을 발견하고 하나님을 찬양하는 것이 아니라, 조건이 나쁠 때도, 또는 힘든 일이 있어도 하나님의 존재를 깨닫고, 하나님의 이름을 부르며 하나님께 감사하며 찬양할 수 있고, 또 있어야 한다는 말이다.

우리 그리스도인은 한마디로 말하면 '조건을 넘어서는' 사람이라고 할 수 있다. 그리스도인의 특징은 조건에 얽매여서, 조건에 따라 울고 웃지 않는다는 것이다. 그리스도인은 조건이 나쁘면 낙심하고 절망하고, 조건이 좋아지면 언제 그랬냐 싶게 웃고 춤추고, 그러다가 조건이 다시 나빠지면, 또 절망적이 되고…… 하는 그런 사람이 아니다.

사도 바울은 "항상 기뻐하라, 쉬지 말고 기도하라, 범사에 감사하라."(살전 5:16)고 했는데, 바울은 세상에서의 조건이 좋았던 사람이 결코 아니다. 주의 복음을 위해서 수많은 고난과 고초를 겪었고, 또 옥에 갇혔고, 순교하기까지 한 사도였다. 또한 디모데후서 4장 2절에서 사도가 디모데에게 권면한 "때를 얻든지 못 얻든지 주의 말씀을 전파하라."는 말씀도 마찬가지이다. 상황이 어떻든지 간에, 상황이 좋건 나쁘건, 조건이 되건 안 되건, 거기에 매달리지 말고, 그것을 넘어서라는 의미이다. 그리스도인은 조건에 좌우되는 사람이 아니라, 조건을 넘어서는 사람들이기 때문이다.

그 이유가 무엇일까? 그리스도인은 하나님의 나라에 속한 사람들이기 때문이다. 이 세상에 속하는 사람이 아니라 하늘에 속하는 사람이기 때문이다. 이 세상의 어떤 것도 우리의 주인이 될 수 없다. 이 세상의 어떤 조건들, 이 세상의 어떤 상황들도 우리를 좌지우지할 수 없다. 우리는 그런 것들을 넘어서서 영원하고, 참된 것에 붙잡힌 사람들이고, 거기에 속하는 사람들이다. 예수님께서 "내가 세상을 이겼다."(요 16)고 말씀했는데, 우리는 그 예수님을 통해서 세상으로부터 구속함을 입은 사람들이다. 세상으로부터 떠난 사람들이고, 세상으로부터 자유한 사람들이다. 그것이 그리스도인이다. 그러니까 세상은 더 이상 우리를 지배할 수 없고, 우리는 더 이상 세상에 얽매여서, 세상의 변화에, 세상의 이런 저런 일들에 울고 웃고, 기뻐서 춤추다가 다시 사색이 되어서 불안해하는 그런 사람들이 아니라는 말이다.

우리에게 나쁜 일이 생겨도 우리는 담담하게 받아들이고, 지나치게 낙심하거나 절망하는 일이 없어야 한다. 그런 것은 믿음이 없는 것의 표시라고 할 수 있다. 우리에게 좋은 일이 생겼다고 해서 마치 천하를 다 이룬 것같이 기뻐 날뛰는 것도 마찬가지이다. 세상의 어떤 것도 우리에게 진정한 생명을 가져다주지 못한다. 세상의 어떤 좋은 것이라고 해도 우리를 영원하게 만족시켜 주고, 우리를 궁극적으로 아름답고 참되고 또 성숙하게 해 주지는 못한다. 우리는 이 세상의 것이 다가 아니라는 것을 알고 있고, 믿고 있고, 또 그렇게 살아가는 실존이다. 그러니까 세상을 넘어서고, 조건을 넘어서고, 상황을 넘어서는 사람들이다. 세상이 우리의 주인이 아니라 우리가 세상을 이기는, 우리가 세상의 주인인 사람들이다.

시편기자의 노래 "여호와 우리 주여 주의 이름이 온 땅에 어찌 그리 아름다운지요!"라는 하나님에 대한 찬양이, 하나님이 창조하신 이 세상에 대한 예찬이, 우리들 모두의 찬양이기를 바란다. 우리가 형편이 어렵고 조건이 나쁘고, 상황이 불리하게 돌아가도, 그런 가운데서도 우리는 우리를 구원하신 하나님을 발견하고, 감사하고, 찬양하는 믿음을 가져야 하겠다. 건축선교신문을 읽는 모든 독자들은 그런 굳건한 믿음으로써 세상을 이기는, 훌륭한 주의 일군들이 되기를 바란다.

자녀교육과 가정

요한 웨슬러의 어머니였던 수잔나는 새뮤얼 웨슬러와 결혼하여 열아홉 명의 자녀를 두었다.

수잔나가 아이들을 믿음의 사람으로 키웠던 비결은 무엇일까?

웨슬레의 어머니인 수잔나는 가족성결기도회를 저녁 6시에서 9시까지 가졌고 어린 자녀가 걷기를 시작할 때면 매주 한 번씩 그들의 손을 잡고 감옥과 병원, 양로원을 함께 방문하여 이웃 사랑의 정신을 키워 주었으며, 한 주에 한 끼 이상 금식하는 것과 하루에 세 번씩 어떤 일이 있어도 소리 내어 기도할 것을 가르쳤다. 안이한 생활보다는 경건, 엄숙한 생활에 익숙하도록 엄격히 훈련시켰다.

저녁 9시가 되어 가족성결기도회가 끝났을 때, 아이들이 다 잠자리에서 자기 이름 앞에 서 있으면 그때 어머니 수잔나는 준엄한 목소리로 이렇게 물었다.

'자녀들아 너희를 누구라 하느냐?'

아이들은 조용히 생각하다가 대답했다.

"예! 우리는 위대한 청소년입니다."

"너희를 누가 위대하다고 하였는가?"

"하나님께서 우리를 위대하다고 하셨습니다."

"그러면 지금 너희들은 무엇을 하고 있는가?"

"우리는 위대한 역사를 창조하고 있습니다."

"그 일을 누가 시켰는가?"

"우리를 위대하게 쓰시기를 원하시는 하나님께서 시키셨습니다."

"나는 내 어머니가 만든 작품이다. 내 인생의 영원한 스승은 주의 성령님이었고, 나를 만든 분은 그 성령님의 지시를 따른 나의 어머니였다."

(『요한 웨슬레』에서)

❧ "주방에 가득한 것은 어머니의 사랑입니다."

시원한 사랑으로 가득한 냉장고, 얼큰하고 구수한 사랑이 보글보글 소리를 내는 냄비, 알록달록, 울긋불긋, 새콤달콤한 사랑이 차려진 맛있는 식탁, 그리고 가지런히 놓인 숟가락에서 사랑이 반짝거리고 있습니다. 가족들은 둘러앉아 어머니의 사랑을 먹습니다.

❧ "거실의 소파는 푹신한 아버지의 사랑입니다."

자동차는 아버지의 사랑으로 굴러 갑니다. 아버지의 이마엔 유리구슬 같은 투명한 사랑이 맺혀 있습니다. 공장에선 아버지의 사랑이 연기가 되어 하늘로 날아갑니다. 아버지의 사랑은 가로등이 되어 외로운 밤거리를 비추고 있습니다.

❧ "가족을 위해서"

가족을 위해 희생할 줄 모르는 사람은 누구와도 바른 관계를 맺을 수 없습니다. 가족보다 다른 것을 소중히 여기는 사람은 결코 성공할 수 없는 사람입니다. 그에게는 행복이란 없습니다. 가족을 떠난 행복은 착각일 뿐입니다. 가족을 외면한 사람은 세상 어느 곳에서도 환영받을 수 없습니다. 가족은 세상의 기초이니까요.

('김홍식'의 『우리에게 가장 소중한 것은』에서)

사랑과 용서

'사랑과 용서에 대한 짧은 에세이'

"인생 행복의 가장 중요한 것은 용서이다."
용서를 선언해야 한다. 용서하면 행복해진다. 용서받으면 행복해진다.
인생 행복의 가장 중요한 기초 요건은 용서이기 때문이다.

"사랑과 용서의 관계"
용서는 하나님 사랑의 인간적인 표현이다. 하나님의 용서의 자리에서
우리는 하나님의 사랑을 발견한다. 용서 없는 사랑이 없고 사랑 없는
용서가 없다. 즉, 우리가 누구를 사랑한다는 말은 용서한다는 것을 전
재로 한다. 형제의 과실과 허물을 용서하지 않는 사랑은 자기기만일 뿐
이다. 그러나 우리가 다 같이 경험하는 것은 그처럼 큰 용서와 사랑을
받고 눈물을 흘리며 감격하면서도 실제로 우리가 다른 사람을 용서하
고 사랑하는 것은 얼마나 어렵고 힘든가 하는 점이다.

"다른 사람을 섬김으로 받는 축복"
사람들은 높은 자리에 올라갈수록 지배력이 커질 것이라고 생각한다.
그래서 높은 자리와 위치를 탐낸다. 하지만 남을 지배하면 불행이 시작
된다. 그러나 남을 섬기면 복을 받는다. 다른 사람을 섬기라. 비록 사람
을 부릴 수 있는 위치에 있다 할지라도 다른 사람들을 노예취급하거나
억압하지 말라. 그들을 사랑하라. 그들을 섬기라. 그때 하나님께서 당신
의 마음에 평화와 기쁨과 삶의 의미를 부어 주실 것이다.

"신앙은 기다림이다."

신앙은 기다림이다. 조급한 사람은 신앙을 갖기 어렵다. 무엇이든지 한 꺼번에 다 이루어지길 바라면 아무것도 얻지 못한다. 임신한 그다음 날에 출산할 수 없다. 열 달을 기다려야만 성숙하고 건강한 아기가 태어난다. 마찬가지로 신앙이란 성숙을 위한 기다림이라고 할 수 있다.

신앙은 때를 기다릴 줄 아는 것이다. 때를 기다리는 가운데 절망감이 엄습하기도 하지만 그 절망감을 이기고 기다려야 한다. 이것이 바로 신앙이다. 하나님은 언제나 적절하고 성숙한 때를 아신다. 그리고 하나님은 서두르지 않으시고 그때를 기다리신다. 기다림이 신앙의 핵심이다.

"내 힘으론 안 되는 사랑"

성령의 열매 중 첫째는 사랑이다. 사랑은 율법의 완성이다. 우리가 다 아는 것처럼 예수님의 최대 메시지는 "네 이웃을 네 몸처럼 사랑하라."이다. 그런데 왜 우리는 그것이 안 될까? 내 힘으로 하는 사랑이기 때문이다. 그래서 우리는 기도해야 한다. 내 사랑은 바닥난 사랑이다. 우리 힘으로는 사랑할 수 없다. 성령님이 그 사랑을 내게 부어 주셔야 한다.

"누군가를 사랑하면 기도하게 된다."

누군가를 사랑하면 그를 위해 기도하게 된다. 그를 사랑하는가, 아닌가를 판단하려면 그를 위해 기도하는가, 아닌가를 보면 알 수 있다. 우리가 앞에서는 아무리 좋은 소리를 해도 그를 위해 기도하지 않는다면 사랑하지 않는 것이다. 참으로 사랑하면 저절로 상대를 위해 기도하게 된다.

"우리의 사랑이 늘 목마른 이유"

우리의 사랑이 늘 목마른 이유가 무엇인지 아는가? 생명과 바꾸는 중보 기도가 아니기 때문에 그렇다. 생명을 바꾸는 사랑이 아니기 때문에 그렇다. 생명과 바꾸는 중보 기도를 하라. 우리는 대가가 없고 손해가 없는 기도를 하려고 한다. 시간 내서 만나고 기도해 주는 것으로 만족하거나 자부심을 느낀다. 그러나 거기에는 능력이 없다.

"성령의 능력은 사랑의 능력이다."

성령이 임하면 능력이 나타난다. 이 능력은 나무를 부러뜨리고 바위를 깨뜨리는 그런 능력이 아니라 사랑하는 능력이요, 이해하는 능력이요, 긍휼을 베푸는 능력이다.

"마음속에 사랑이 샘물처럼 솟아나려면"

하나님은 예수 그리스도의 이름을 부르는 자에게 지혜를 주시고 권능과 능력을 베풀어 주시며 그 마음속에 사랑이 샘물처럼 솟아나게 하신다.

"우리가 서로 사랑할 때 천국을 경험한다."

우리는 교회에서 모이는 모든 모임에서 천국을 경험해야 한다. 우리는 모두 부족하고 갈등이 있고 실수가 많은 사람들이 아닌가? 그러나 이런 사람들이 모여 하나님 말씀 중심으로 기도하고 서로 사랑할 때 새로운 하나님의 세계가 우리 안에서 하나하나 경험되기 시작한다.

“마음속에 미움과 분노가 없는 사람”
예수님은 사랑이시다. 그러므로 예수님을 진정으로 영접한 사람의 마음
속에는 미움과 분노가 없다. 아멘. 할렐루야.

(위 내용은 전부 ‘하용조’ 목사님의 말씀)

🍃 미움은 다툼을 일으켜도 사랑은 모든 허물을 가리느니라.(잠언 10장
12절)

🍃 노하기를 더디 하는 것이 사람의 슬기요 허물을 용서하는 것이 자
기의 영광이니라.(잠언 19장 11절)

🍃 노하기를 더디 하는 자는 크게 명철하여도 마음이 조급한 자는 어
리석음을 나타내느니라.(잠언 14장 29절)

🍃 오래 참으면 관원이 그 말을 용납하나니 부드러운 혀는 뼈를 꺾느
니라.(잠언 25:15)

🍃 자녀들아 우리가 말과 혀로만 사랑하지 말고 오직 행함과 진실함으
로 하자.(요한 1서 3:18)

🍃 사랑하는 자들아 하나님이 이같이 우리를 사랑하셨은즉 우리도 서
로 사랑하는 것이 마땅하도다.(요한 1서 4:11)

🍃 누구든지 하나님을 사랑하노라 하고 그 형제를 미워하면 이는 거짓
말하는 자니 보는 바 그 형제를 사랑치 아니하는 자가 보지 못하는
바 하나님을 사랑할 수 없느니라.(요한 1서 4:20)

🍃 사랑하는 자여 악한 것을 본받지 말고 선한 것을 본받으라 선을 행

하는 자는 하나님께 속하고 악을 행하는 자는 하나님을 뵈옵지 못하였느니라.(요한 3서 1장 11절) 아멘. 할렐루야. 샬롬.

자녀 사랑

어머니가 사랑과 인내로 자녀를 교육한 결과, 잭 웰치는 세계적인 경영가가 될 수 있었을 것이에요. 어린 아이를 기를 때 긍정적으로 말해야 하고 부정적인 말을 해서는 안 된다는 본보기인 것 같아서 작성해 보았습니다. 부모는 자녀에 대한 꿈을 가지고 사랑과 인내로 교육해야 하며, 동시에 확실한 선악 개념을 갖도록 해 줘야 하며, 잘하는 것은 칭찬을 해 주지만 잘못한 것은 따끔하게 교훈해야 한다는 목사님의 설교 말씀이 생각나네요. 평생을 살면서 어릴 때 받은 교훈은 잊혀지지 않을 것이며, 어린 시절 배운 한 가지가 인생을 좌우하고 방향과 삶의 빛깔을 결정할 수도 있을 것이에요. 꿈을 심어 주면 꿈나무로 자라고, 아무리 작은 원한이라도 있으면 평생 그늘로, 어둠으로 자랄 수도 있을 테니까요!…… 그래서 어른의 몫이 매우 크다고 생각을 해 봅니다. 어린이는 희망의 또 다른 이름이니까요……. 할렐루야.

🍃 주님! '박무학' 선교사님과 영돈이가 하나님이 하신 신앙의 역사, 은혜의 역사, 축복의 역사를 자녀에게 가르치고 전수하게 하시며, 자녀로 하여금 그들의 소망을 하나님께만 두도록 부모가 잘 양육하게 하여 주세요. 자녀가 주님께만 소망을 두고 하나님만을 신뢰하는 복된 인생길이 되게 하여 주세요. 자식은 부모가 키우는 것이 아니라, 부모가 하나님을 사랑하면 하나님이 키워 주신다는 것을 자녀가 깨달을 수 있도록 인도해 주세요. 우리의 자녀를 눈동자와 같이 항상 지켜 주시는 우리 구주 예수님의 이름으로 기도하옵나이다. 아멘. 할렐루야.

🍃 마땅히 행할 길을 아이에게 가르치라 그리하면 늙어도 그것을 떠나지 아니하리라.(잠언 22장 6절)

🍃 네 부모를 즐겁게 하며 너 낳은 어미를 기쁘게 하라.(잠언 23장 22절)

🍃 아이를 훈계하지 아니치 말라 채찍으로 그를 때릴지라도 죽지 아니하리라 그를 채찍으로 때리면 그 영혼을 음부에서 구원하리라.(잠언 23장 13~14절) 아멘. 할렐루야.

레이건 대통령

* 이제 무슨 일이 일어나든 내 목숨은 하나님의 것이며, 나는 내가 할 수 있는 모든 방법으로 그분께 봉사하기 위해 노력할 것이다.

* 우리가 그분을 믿고, 그분의 일을 하고, 그분이 기뻐하실 삶을 산다면, 그분은 우리가 필요로 하는 힘, 선한 싸움을 싸울 힘, 끝까지 길을 달려갈 힘, 믿음을 지킬 힘을 주십니다.

* 날마다 결정을 내릴 일이 있다.(……) 내가 발견한 것은 하나님께로 돌아가 기도로써 도움을 구하는 것이다. 나는 기도의 힘을 믿으며, 진정으로 하나님의 도움을 구하면 곧 얻을 수 있다고 생각한다.(……) 내 믿음은 흔들림이 없다.(……) 말로 표현할 수 없는 평화를 주신 것에 감사드린다.

* 하나님께서 이 땅을 자유롭게 지으셨으므로 우리는 자유롭게 꿈꾸고, 계획하고, 꿈을 성취할 수 있습니다. 그러므로 우리는 미국의 영혼에 다시 불을 지필 수 있습니다.

* 나도 이제는 하나님께 계획이 있다는 어머니의 믿음을 갖게 된 것 같다. 어떤 일이 닥쳤을 당시에는 그 이유가 보이지 않을지도 모르지만, 모든 일은 이유가 있기 때문에, 그것이 최선이기 때문에 일어난다. 한때는 견뎌내지 못할 타격인 듯해도 결국은 가치 있는 무엇을 향한 전환점이나 시작점임을 알게 된다.

* 레이건은 미국 40대 대통령으로서 1911년에 출생하여 2004년 6월 5일에 세상을 떠남.

* 내 이름으로 일컫는 내 백성이 그 악한 길에서 떠나 스스로 겸비하고 기도하고 내 얼굴을 구하면 내가 하늘에서 듣고 그 죄를 사하고 그 땅을 고칠지라.(역대하 7장 14절)

'이 성경 말씀은 레이건이 대통령취임식에서 사용했던 성경 구절임'

● 최고 권력자(대통령)의 줄을 붙잡는 것보다는 하나님의 줄을 붙잡
는 것이 훨씬 더 능력이 있고 훨씬 더 좋은 일이다. 할렐루야. 아멘.
샬롬.

명심보감

'명심보감 건강 10계명'

❶ 색을 경계하고 바람을 경계하라.

❷ 빈속에 차 마시지 말라.

❸ 저녁엔 밥을 적게 먹어라.

❹ 음식은 싱거워야 한다.

❺ 적절한 긴장감을 유지하라.

❻ 술을 이기라.

❼ 과식하지 말라.

❽ 편안함을 구하지 말라.

❾ 음식을 가리지 말라.

❿ 마음을 맑게 유지하라.

'명심보감 가정 관리 7계명'

❶ 새벽에 (가족에게) 화내지 말라.
하루에 쓸 에너지가 순식간에 소진된다.

❷ 집안을 이룰 아이는 돈을 황금처럼 아끼고,
집안을 망칠 아이는 돈 쓰기를 똥 쓰듯 한다.
아이가 원하면 무엇이든지 사주는 부모들이 귀담아야 함.

❸ 위기가 아니면 싸우지 말라.

❹ 한때의 분을 참으면 100일 근심이 사라진다.

❺ 대꾸하지 않으니 내 마음이 맑고 한가롭다.

❻ 부모는 자식이 아픈 게 가장 큰 근심
첫째는 건강, 둘째는 공경의 마음, 셋째는 표정 관리.

❼ 공을 이루었으면 몸은 피하라.
부모는 내가 어떻게 키운 자식인데…… 하는 미련을 과감히 버려야
집안이 화목하다.

'중용의 5가지 실천법'

❶ 박학: 내 전공만 운운하는 사람에게서 혁신적 발상이 나올 수 없다.

❷ 심문: 구석구석 깊게 물어야 완전하고 좋은 대답을 얻는다.

❸ 신사: 한 번 생각한 것을 몇 번이고 생각하는 습관이 성공을 부른다.

❹ 명변: 판단이 불확실하면 일이 제대로 시행되지 못한다.

❺ 독행: 다른 사람이 한 번에 그 일을 해내면 나는 백 번이라도 해낼
것이며 다른 사람이 열 번을 해 그 일을 하면 나는 천 번이라도 해
낸다.

✎ 부부는 멀어져 있고, 형제간 의리는 상해 있고, 동료는 경쟁의 대상
일 뿐 사람과 사람 사이의 관계가 망가져 가는 요즘 세상에 ……
눈으로만 보는 공부는 깊이가 없을 것이고, 가슴으로 읽어야 그 뜻
이 삶의 방식으로 체득이 되겠지요……

❧ 본격적으로 여름이 시작되는 6월이에요. 날씨는 더워지나 '박무학' 선교사님께는 아이스크림처럼 시원한 일들이 발생하시는 귀한 6월이 되시길…… 사랑해요. 축복해요. 강건하세요. 승리하세요. 가족 모두가 행복하세요. 할렐루야. 샬롬 변영돈 드림.

❧ 남의 과실을 듣거든 부모의 이름을 들은 것처럼 하여 귀로는 들을지언정 입으로는 말하지 말라.

❧ 내가 갖고 있는 마음 위에 불을(분노) 더하지 말고, 다만 귓가를 스쳐가는 바람이려니 하라.

❧ 안 하면 안 했지 한번 하면 반드시 완성을 본다는 끝장 정신이야말로 성공의 지름길이다. 샬롬.

용기

'용기를 불러오는 7가지 방법' (7UP)

Stage 1. Crisis & Challenge 위기 상황에 정면으로 도전하라.
Stand Up 지금은 현실을 박차고 일어설 때입니다.
사자성어: 진퇴양난의 난국을 대사대성의 꿈으로 극복하라.

Stage 2. Object & Opinion 확실한 주관으로 끝까지 밀고 나가라.
Uine UP 지금은 내 삶의 무대를 강건하게 지지할 때입니다.
사자성어: 백척간두의 역경을 즉행집완의 행동으로 벗어나라.

Stage 3. Uproot & Upgrade 익숙한 곳으로 벗어나 나를 업그레이드하라.
Grade Up 지금은 내 삶을 한 단계 더 격상시킬 때입니다.
사자성어: 누란지세의 파국을 백절불굴의 자세로 돌파하라.

Stage 4. Reflect & Revitalize 내 안의 잠재된 힘을 일으켜라.
Image Up 지금은 내 삶의 진정한 의미를 성찰해 볼 때입니다.
사자성어: 여리박빙의 위기를 불포가인의 인내로 타개하라.

Stage 5. Accelerate & Accountability 변화의 고삐를 더욱 세차게 몰아라.
Cheer Up 지금은 내가 나를 응원할 때입니다.
사자성어: 설상가상의 협곡을 초지일관의 의지로 밀고 나가라.

Stage 6. Grasp & Generator 인생의 가치와 성공의 비전을 창출하라.
Catch Up 지금은 마지막 희망을 다잡을 때입니다.
사자성어: 기호지세의 형국을 배수지진의 전략으로 타파하라

Stage 7. Edge & Execute 머뭇거리지 말고 과감하게 실행하라.
Steed Up 지금은 다시 결단하고 매진할 때입니다.
사자성어: 일촉즉발의 난관을 현존임명의 결의로 굴복시켜라.

(『용기』라는 책에서 인용함)

❧ 위에 작성한 글을 사전을 찾아보면서 읽어 보시면 좋을 것 같아요. '용기'를 가지고 이 험난한 세상을 살아간다면 좋은 일과 행복한 일이 발생하겠지요…… 날마다 삶 속에서 우리 주님께서 주시는 지혜로 승리해 가시기를 희망해요. '박무학' 선교사님! 사랑해요. 축복해요. 강건하세요. 6월도 크게 승리하세요. 가족 모두가 행복하세요.

❧ 용기란 성취하는 것이 아니라 계속 시도하는 것이다.

❧ 성공의 불꽃은 행동하는 자의 것이다.

❧ 용기란 내가 두려워하는 일을 하는 것이다. 희망이 도망치더라도 결단코 용기를 잃지 말라.

❧ 용기는 언제, 어디서나, 어떤 일이든지 할 수 있다는 자신감이며, 간절히 열망하는 것을 성취해 내는 희망의 디딤돌이다. 그래서 용기는 희망을 부채질하고 희망은 용기에게 날개를 달아준다. 샬롬.

잠언

당신이 하나님께 말할 수 있는 까닭은
그분이 들으시기 때문이다.
당신의 목소리는 천국에서 중요하다.
그분은 당신을 아주 진지하게 대하신다.
당신이 하나님의 임재에 들어서면 수행원들은
당신의 목소리를 들으려 고개를 돌린다.
무시당할까 봐 두려워할 필요가 전혀 없다.
말을 더듬거나 두서가 없어도, 누구도 당신이 할 말에
마음을 주지 않아도, 하나님은 마음을 주신다.
그리고 들으신다……
집중하여 들으신다. 귀 기울여 들으신다.
기도는 값진 보석처럼 소중히 취급된다.
기도의 말은 정화되고 능력을 입어
우리 주님께 향기로운 냄새로 올라간다.
당신의 말은 하나님의 보좌에 이르기 전에는
결코 멈추지 않는다.
당신의 기도는 하나님을 움직여 세상을 변화시킨다.
당신은 기도의 신비를 이해하지 못할지 모른다.
그래도 괜찮다. 그러나 이것만은 분명하다.
하늘의 행동은 누군가 이 땅에서 기도할 때 시작된다.
얼마나 놀라운 일인가…….

(맥스루카도)

'은혜가 펑펑 쏟아지는 주옥같은 잠언'

❶ 여호와를 경외하는 것이 지식의 근본이거늘 미련한 자는 지혜와 훈계를 멸시하느니라.(1장 7절)

❷ 내 아들아 네 아비의 훈계를 들으며 네 어미의 법을 떠나지 말라.(8절)

❸ 오직 나를 듣는 자는 안연히 살며 재앙의 두려움이 없이 평안하리라.(33절)

❹ 대저 정직한 자는 땅에 거하며 완전한 자는 땅에 남아 있으리라.(2장 21절)

❺ 그러나 악인은 땅에서 끊어지겠고 궤휼한 자는 땅에서 뽑히리라.(22절)

❻ 인자와 진리로 네게서 떠나지 않게 하고 그것을 네 목에 매며 네 마음판에 새기라.(3장 3절)

❼ 너는 마음을 다하여 여호와를 의뢰하고 네 명철을 의지하지 말라.(5절)

❽ 너는 범사에 그를 인정하라 그리하면 네 길을 지도하시리라.(6절)

❾ 스스로 지혜롭게 여기지 말지어다 여호와를 경외하며 악을 떠날지어다.(7절)

❿ 네 재물과 네 소산물의 처음 익은 열매로 여호와를 공경하라.(9절)

⓫ 내 아들아 여호와의 징계를 경히 여기지 말라 그 꾸지람을 싫어하지 말라.(11절)

⓬ 지혜는 진주보다 귀하니 너의 사모하는 모든 것으로 이에 비교할 수 없도다.(15절)

❸ 지혜는 그 얻은 자에게 생명나무라 지혜를 가진 자는 복되도다.(18절)

❹ 내 아들아 완전한 지혜와 근신을 지키고 이것들로 네 눈앞에서 떠나지 않게 하라.(21절)

❺ 대저 여호와는 너의 의지할 자이시라 네 발을 지켜 걸리지 않게 하시리라.(26절)

❻ 네 손이 선을 베풀 힘이 있거든 마땅히 받을 자에게 베풀기를 아끼지 말며, 네게 있거든 이웃에게 이르기를 갔다가 다시 오라 내일 주겠노라 하지 말며, 네 이웃이 네 곁에서 안연히 살거든 그를 모해하지 말며, 사람이 네게 악을 행하지 아니하였거든 까닭 없이 더불어 다투지 말며, 포학한 자를 부러워하지 말며 그 아무 행위든지 좇지 말라.(27~31절)

❼ 악인의 집에는 여호와의 저주가 있거니와 의인의 집에는 복이 있느니라.(33절)

❽ 진실로 그는 거만한 자를 비웃으시며 겸손한 자에게 은혜를 베푸시나니, 지혜로운 자는 영광을 기업으로 받거니와 미련한 자의 현달함은 욕이 되느니라.(34~35절)

❾ 지혜를 버리지 말라 그가 너를 보호하리라 그를 사랑하라 그가 너를 지키리라.(4장 6절)

⓴ 지혜가 제일이니 지혜를 얻으라 무릇 너의 것을 가져 명철을 얻을지니라.(7절)

㉑ 그를 높이라 그리하면 그가 너를 높이 들리라 만일 그를 품으면 그

가 너를 영화롭게 하리라.(8절)

❷❷ 내 아들아 들으라 내 말을 받으라 그리하면 네 생명의 해가 길리라.(10절)

❷❸ 훈계를 굳게 잡아 놓치지 말고 지키라 이것이 네 생명이니라.(13절)

❷❺ 사특한 자의 첩경에 들어가지 말며 악인의 길로 다니지 말지어다.(14절)

❷❺ 의인의 길은 돋는 햇볕 같아서 점점 빛나서 원만한 광명에 이르거니와, 악인의 길은 어둠 같아서 그가 거쳐 넘어져도 그것이 무엇인지 깨닫지 못하느니라.(18~19절)

❷❻ 무릇 지킬 만한 것보다 더욱 네 마음을 지키라 생명의 근원이 이에서 남이니라.(23절)

❷❼ 궤휼을 네 입에서 버리며 사곡을 네 입술에서 멀리하라.(24절)

❷❽ 네 눈은 바로 보며 네 눈꺼풀은 네 앞을 곧게 살펴, 네 발의 행할 첩경을 평탄케 하며 네 모든 길을 든든히 하라.(25~26절)

❷❾ 우편으로나 좌편으로나 치우치지 말고 네 발을 악에서 떠나게 하라.(27절)

❸⓪ 내 아들아 내 지혜에 주의하며 내 명철에 네 귀를 기울여서, 근신을 지키며 네 입술로 지식을 지키도록 하라.(5장 1~2절)

❸❶ 내 아들아 네가 만일 이웃을 위하여 담보하며 타인을 위하여 보증하였으면, 네 입의 말로 네가 얽혔으며 네 입의 말로 인하여 잡히게 되었느니라.(6장 1~2절)

㉜ 게으른 자여 개미에게로 가서 그 하는 것을 보고 지혜를 얻으라.(6절)

㉝ 개미는 두령도 없고 간역자도 없고 주권자도 없으되, 먹을 것을 여름 동안에 예비하며 추수 때에 양식을 모으느니라.(7~8절)

㉞ 좀더 자자, 좀더 졸자, 손을 모으고 좀도 눕자 하면, 네 빈궁이 강도같이 오며 네 곤핍이 군사같이 이르리라.(10~11절)

㉟ 여호와의 미워하시는 것 곧 그 마음에 싫어하시는 것이 육칠 가지니, 곧 교만한 눈과 거짓된 혀와 무죄한 자의 피를 흘리는 손과, 악한 계교를 꾀하는 마음과 빨리 악으로 달려가는 발과, 거짓을 말하는 망령된 증인과 및 형제 사이를 이간하는 자니라.(16~19절)

㊱ 내 아들아 네 아비의 명령을 지키며 네 어미의 법을 떠나지 말고, 그것을 항상 네 마음에 새기며 네 목에 매라.(20~21절)

㊲ 대저 명령은 등불이요 법은 빛이요 훈계의 책망은 곧 생명의 길이라.(23절)

㊳ 네 마음에 그 아름다운 색을 탐하지 말며 그 눈꺼풀에 홀리지 말라.(25절)

㊴ 음녀로 인하여 사람이 한 조각 떡만 남게 됨이며 음란한 계집은 귀한 생명을 사냥함이니라.(26절)

㊵ 내 명령을 지켜서 살며 내 법을 네 눈동자처럼 지키라.(장 2절)

㊶ 지혜에게 너는 내 누이라 하며 명철에게 너는 내 친족이라 하라.(4절)

㊷ 내가 가장 선한 것을 말하리라 내 입술을 열어 정직을 내리라.(8장 6절)

❹❸ 내 입은 진리를 말하며 내 입술은 악을 미워하느니라.(7절)

❹❹ 너희가 은을 받지 말고 나의 훈계를 받으며 정금보다 지식을 얻으라.(10절)

❹❺ 대저 지혜는 진주보다 나으므로 무릇 원하는 것을 이에 비교할 수 없음이니라.(11절)

❹❻ 여호와를 경외하는 것은 악을 미워하는 것이라 나는 교만과 거만과 악한 행실과 패역한 입을 미워하느니라.(13절)

❹❼ 나를 사랑하는 자들이 나의 사랑을 입으며 나를 간절히 찾는 자가 나를 만날 것이니라.(17절)

❹❽ 부귀가 내게 있고 장구한 재물과 의도 그러하니라.(18절)

❹❾ 내 열매는 금이나 정금보다 나으며 내 소득은 천은보다 나으니라.(19절)

❺⓿ 아들들아 이제 내게 들으라 내 도를 지키는 자가 복이 있느니라.(32)

❺❶ 훈계를 들어서 지혜를 얻으라 그것을 버리지 말라.(33절)

❺❷ 대저 나를 얻는 자는 생명을 얻고 여호와께 은총을 얻을 것임이니라.(35절)

❺❸ 그러나 나를 잃는 자는 자기의 영혼을 해하는 자라 무릇 나를 미워하는 자는 사망을 사랑하느니라.(36절)

❺❹ 어리석음을 버리고 생명을 얻으라 명철의 길을 행하라 하느니라.(9장 6절)

❺❺ 지혜 있는 자에게 교훈을 더하라 그가 더욱 지혜로워질 것이요 의로운 사람을 가르치라 그의 학식이 더하리라.(9절)

❺❻ 여호와를 경외하는 것이 지혜의 근본이요 거룩하신 자를 아는 것이 명철이니라.(10절)

❺❼ 나 지혜로 말미암아 네 날이 많아질 것이요 네 생명의 해가 더하리라.(11절)

❺❽ 네가 만일 지혜로우면 그 지혜가 네게 유익할 것이나 네가 만일 거만하면 너 홀로 해를 당하리라.(12절)

❺❾ 솔로몬의 잠언이라 지혜로운 아들은 아비로 기쁘게 하거니와 미련한 아들은 어미의 근심이니라.(10장 1절)

❻⓿ 불의의 재물은 무익하여도 의리는 죽음에서 건지느니라.(2)

❻❶ 여호와께서 의인의 영혼은 주리지 않게 하시나 악인의 소욕은 물리치시느니라.(3절)

❻❷ 손을 게으르게 놀리는 자는 가난하게 되고 손이 부지런한 자는 부하게 되느니라.(4절)

❻❸ 여름에 거두는 자는 지혜로운 아들이나 추수 때에 자는 자는 부끄러움을 끼치는 아들이니라.(5절)

❻❹ 의인의 머리에는 복이 임하거늘 악인의 입은 독을 머금었느니라.(6절)

❻❺ 의인을 기념할 때에는 칭찬하거니와 악인의 이름은 썩으리라.(7절)

❻❻ 마음이 지혜로운 자는 명령을 받거니와 입이 미련한 자는 패망하리라.(8절)

㉖ 바른길로 행하는 자는 걸음이 평안하려니와 굽은 길로 행하는 자는 드러나리라.(9절)

㉗ 눈짓하는 자는 근심을 끼치고 입이 미련한 자는 패망하느니라.(10절)

㉘ 의인의 입은 생명의 샘이라도 악인의 입은 독을 머금었느니라.(11절)

㉙ 미움은 다툼을 일으켜도 사랑은 모든 허물을 가리느니라.(12절)

㉚ 명철한 자의 입술에는 지혜가 있어도 지혜 없는 자의 등을 위하여
는 채찍이 있느니라.(13절)

㉛ 지혜로운 자는 지식을 간직하거니와 미련한 자의 입은 멸망에 가까
우니라.(14절)

㉜ 부자의 재물은 그의 견고한 성이요 가난한 자의 궁핍은 그의 패망
이니라.(15절)

㉝ 의인의 수고는 생명에 이르고 악인의 소득은 죄에 이르느니라.(16절)

㉞ 훈계를 지키는 자는 생명 길로 행하여도 징계를 버리는 자는 그릇
가느니라.(17절)

㉟ 미워함을 감추는 자는 거짓의 입술을 가진 자요 참소하는 자는 미
련한 자니라.(18절)

㊱ 말이 많으면 허물을 면키 어려우나 그 입술을 제어하는 자는 지혜
가 있느니라.(19절)

㊲ 의인의 혀는 천은과 같거니와 악인의 마음은 가치가 적으니라.(20절)

㊳ 의인의 입술은 여러 사람을 교육하나 미련한 자는 지식이 없으므로

죽느니라.(21절)

❽⓪ 여호와께서 복을 주시므로 사람으로 부하게 하시고 근심을 겸하여 주지 아니하시느니라.(22절)

❽① 미련한 자는 행악으로 낙을 삼는 것같이 명철한 자는 지혜로 낙을 삼느니라.(23절)

❽② 악인에게는 그의 두려워하는 것이 임하거니와 의인은 그 원하는 것이 이루어지느니라.(24절)

❽③ 회리바람이 지나가면 악인은 없어져도 의인은 영원한 기초 같으니라.(25절)

❽④ 게으른 자는 그 부리는 사람에게 마치 이에 초 같고 눈에 연기 같으니라.(26절)

❽⑤ 여호와를 경외하면 장수하느니라. 그러나 악인의 수명은 짧아지느니라.(27절)

❽⑥ 의인의 소망은 즐거움을 이루어도 악인의 소망은 끊어지느니라.(28절)

❽⑦ 여호와의 도가 정직한 자에게는 산성이요 행악하는 자에게는 멸망이니라.(29절)

❽⑧ 의인은 영영히 이동되지 아니하여도 악인은 땅에 거하지 못하게 되느니라.(30절)

❽⑨ 의인의 입은 지혜를 내어도 패역한 혀는 베임을 당할 것이니라.(31절)

⑨⓪ 의인의 입술은 기쁘게 할 것을 알거늘 악인의 입은 패역을 말하느니라.(32절)

❑ 속이는 저울은 여호와께서 미워하셔도 공평한 추는 그가 기뻐하시느니라.(11장 1절)

❑ 교만이 오면 욕도 오거니와 겸손한 자에게는 지혜가 있느니라.(2절)

❑ 정직한 자의 성실은 자기를 인도하거니와 사특한 자의 패역은 자기를 망케 하느니라.(3절)

❑ 재물은 진노하시는 날에 무익하나 의리는 죽음을 면케 하느니라.(4절)

❑ 완전한 자는 그 의로 인하여 그 길이 곧게 되려니와 악한 자는 그 악을 인하여 넘어지리라.(5절)

❑ 정직한 자는 그 의로 인하여 구원을 얻으려니와 사특한 자는 자기의 악에 잡히리라.(6절)

❑ 악인은 죽을 때에 그 소망이 끊어지나니 불의의 소망이 없어지느니라.(7절)

❑ 의인은 환난에서 구원을 얻고 악인은 와서 그를 대신하느니라.(8절)

❑ 사특한 자는 입으로 그 이웃을 망하게 하여도 의인은 그 지식으로 말미암아 구원을 얻느니라.(9절)

❑ 의인이 형통하면 성읍이 즐거워하고 악인이 패망하면 기뻐 외치느니라.(잠언 11장 10절)

김혜자 권사님

저는 지금 밥 딜런의 〈바람만이 알고 있지〉라는 노래를 듣고 있습니다.

'고통받는 사람들의 외침을 얼마나 오래 들어야 우리의 귀가 열리게 될까?'

가수는 노래하지만 노랫말 하나하나는 마치 화살처럼 제 가슴에 와서 꽂히는 것만 같습니다. 제 귀는 이미 오래전부터 고통받는 사람들의 외침으로 가득하기 때문입니다.

12년 전 아프리카 땅을 처음 밟은 이후로, 언제나 제 귓가에는 그곳 아이들의 고통에 찬 신음 소리가 맴돌고 있습니다. 가뭄과 내전으로 짐승만도 못한 삶을 살아가는 아이들, 마치 내가 엄마인 양 내 젖가슴에 손을 올려놓고 떨어질 줄 모르던 아이들…… 언제나 그 아이들이 저를 부릅니다. 그것은 제 의지와는 상관없는, 하나의 운명처럼 되어버렸습니다. 제가 만났던 아이들은 시도 때도 없이 저를 찾아옵니다. 꿈속으로도 찾아옵니다. 유명한 레스토랑에서 저녁을 먹을 때도, 좀 비싸다 싶은 핸드백을 만질 때도 아이들은 저를 부릅니다. 그러면, 저는 이 돈이면 5백 명의 아이들을 하루 배불리 먹일 수 있는데, 이 돈이면 열 명의 아이가 1년 동안 학교를 다닐 수 있는데 하고 무의식적으로 계산하게 됩니다. 40년 가까이 연기자로 살면서 진정한 삶의 가치가 무엇인가 늘 고민했었고, 그것을 연기로 표현하려고 애썼습니다. 배우자로서의 제 삶은 행복했습니다. 그러나 또 다른 세상, 지구 반대편에서 천진난만한 아이들이 아무 죄 없이 희생당하는 광경을 보면서 제 마음은 너무나 불행했습니다. 제가 특별해서가 아닙니다. 누구라도 그 처참한 모습을 보면 마음이 힘들 것입니다. 한 끼 밥에 행복해하는 그 아이들을 보면서 우리가 괴로워하고 힘들어하는 가난이란 얼마나 사치스럽고 이기적인 것인지 저는 절실히 깨달을 수 있었습니다. 사람은 누구나 행복하게 살 권리를 갖고 태어났습니다. 그리고 불행한 사람이 있으면 도와줄 의무를 갖고 있음은 당연합니다. 케냐의 일곱 살짜리 소녀 에꾸아무, 소년병 모하메드, 부모의 빚을 갚기 위해 하루 종일 잎담배를 말던 인도 소녀 레카, 몇 날 며칠 풀만 뜯어먹느라 입술은 물론 온 얼굴이 초록색으로 변한 아프가니스탄의 수많은 미리암……, 저는 그 아이들의 눈빛을 잊을 수가 없습니다. 그들의 눈동자 속에도 역시 행복에의 갈망이 어려 있었습니다. 우리는 흔히 명상과 자비, 사랑에 대해 말하지만 미래의 희망인 어린 생명들을 돌보는 것이야말로 진정한 사랑의 실천이라고 저는 생각합니다. 저는 그저 여러분께 우리의 사랑을 필요로 하는 아이들의 간절한 눈빛과 외침을 보여 드리고, 알리고 싶었을 뿐입니다. 저는 이제 개인적으로 더 이루고 싶은 것도, 바라는 것도 없습니다. 여러분의 사랑과 관심으로 쌓아 올려진 '김혜자'라는 제 이름 석자를 우리나라와 전 세계의 소외받고 불행한 사람들을 위해 대신하고 싶다는 소망만이 간절합니다. 저는 인생을 사랑하고, 사람을 사랑하고, 그 모든 것이 존재하는 세상을 사랑합니다. 그리고 저는 그 사랑의 힘을 믿습니다. 사랑만이 유일한 희망입니다.

(탤런트 '김혜자' 권사님이 쓴 책 『꽃으로도 때리지 말라』에서 인용함. 김혜자 권사님은 오늘 국민일보에 103명을 매달 후원하고 있다고 나왔음)

🌱 방바닥에 굴러다니는 백 원짜리 세 개면(3백 원) 아프리카 아이가 한 끼를 배불리 먹일 수 있는데……

🌱 맛있는 사과를 혼자 먹으면 단순히 사과이지만, 배고픈 자들에게 나누어 주면 사과가 사랑으로 변신할 수 있다.

🌱 인간의 진정한 재산은 그가 이 세상에서 행하는 선행이다.

🌱 서로 안아 주라고 주님은 우리에게 두 팔을 주셨다. 두 팔로 세상의 소외된 이들을 껴안아 줄 수 있어야 한다.

🌱 아프리카의 굶어 죽어가는 아이들을 보고도 도와주지 않는다면 우리 모두는 인간이라는 것이 부끄러울 것이다.

🌱 당신의 재산은 가난한 사람들에게, 당신의 영적 유산은 자녀들에게, 당신의 마음은 하나님께 드려라.

🌱 혼자만 행복해지는 방법이 있는가 하면 모두가 행복해지는 방법도 있다. 인간은 모두가 행복해져야 한다.

🌱 사랑하라. 사랑하라. 사랑하라. 사랑하라. 사랑하라…… 그리고 또 사랑하라. 무한정으로…… 소외된 이웃을 …… 할렐루야. 샬롬.

행복수준

그 전에 "무엇이 우리 삶을 행복하게 해주나"라는 기사를 읽으면서 진정한 행복이 무엇인가를 생각해 보았어요.

기사 내용을 보면 정부의 정책 입안자들은 국민의 행복을 위해서 여러 정책들을 구상하지만, 행복의 변수가 너무 많기 때문에 골머리를 앓고 있다는 것이에요.

행복에 대한 기존의 생각과는 다른 결과도 실려 있고요.

여러 행복 연구자는 "적게 일하고 많이 노는 것"을 행복의 공식이라고 말했는데……

그러나 열심히 일하는 미국인들이 행복 수준 순위에서 17위를 차지한 반면 열심히 휴가를 즐기는 프랑스인은 39위에 머물렀어요.

결국 이 기사의 골격은 '행복에 이르는 길은 묘호하다.'는 것이었어요.

만일 동일한 질문을 우리 그리스도인들에게 던졌다면 어떤 대답이 나왔을까 생각해 보았는데…….

세상에서는 진정한 행복에 이르는 길이 저마다 다른 특색이 있고 묘호할지 모르지만, 우리 믿는 사람에게 행복의 길을 묻는다면 우리는 분명하게 대답을 해야 하겠지요. "예수님을 따르는 길이 행복의 길이다."

왜냐면 예수님은 십자가의 희생과 섬김을 통해 이 세상에 축복의 문을 활짝 열어 놓으신 분이기 때문이에요.

역사에만 예수님을 만나기 전(B.C)과 예수님을 만난 후(A.D)가 있는 것이 아니라고 저는 생각을 해 보았어요. 우리가 사용하는 단어에도 B.C와 A.D의 역사가 있다고 봐요. 대표적으로 '섬김'과 '희생'이라는 단어가 그래요.

이 단어가 예수님의 십자가를 만나기 전에는 사람들의 기피와 냉대를 받는 부정적인 단어였지만, 십자가를 만난 이후에는 기쁨과 축복의 의미로 바뀌었으니까요……

섬김과 희생을 통해서 가정과 교회와 우리의 이웃을 향해 기쁨과 축복의 문을 여는, 그래서 우리 자신과 이웃을 행복으로 이끄는 길이 아닌가 생각해요.

섬김과 희생을 기쁨과 감사의 동의어로 받고 믿음의 혁명적 실천을 이루어내는 사랑하는 그리스인이 되기를 소원해 보네요…… 할렐루야.

🍃 주님! '박무학' 선교사님과 영돈이가 사랑의 본체이신 하나님 안에서 충만함을 경험하게 하시고 형제자매와 이웃들을 뜨겁게 사랑할 수 있는 마음을 허락하여 주세요. 예수님의 생명을 소유한 빛의 자녀로서 모든 착함과 의로움과 진실함을 보이게 하시고, 오직 예수 그리스도의 자기희생적 사랑을 본받게 도와주세요. 생명의 근원이 하나님께로부터 왔음을 깨닫게 하여 주시고 행복지수가 하루하루 올라가게 해 주세요. 행복의 주인공이신 예수 그리스도의 이름으로 기도하옵나이다. 아멘. 할렐루야. 샬롬 변영돈 드림.

🍃 생의 마지막에 이르러 주님께서는 우리에게 얼마나 소유했느냐가 아니라 얼마나 사랑했느냐를 물을 것이다.

🍃 나는 솔로몬 같은 부귀영화가 없어도 주님의 제자 되어 천국 건설 하리라.

🍃 나는 떨어진 열매 되어 썩어서 하나님의 새로운 일에 동참하여 새 아침을 보리라.

🍃 주님께서 우리에게 두 손을 주신 것은 한 손은 자신을 위해서, 다른 한 손은 다른 사람을 위해서 쓰라는 뜻이다.

🍃 내 인생에 힘을, 내 인생에 사랑을, 내 인생에 희망을, 내 인생에 한 줄기 빛을 주시는 주님께 초점을 맞추라. 할렐루야. 샬롬.

사랑 그리고 용서

'사랑과 용서에 대한 짧은 에세이'

"미움을 이길 수 있는 힘"
미움을 이길 수 있는 힘은 사랑뿐이다. 악으로 악을 갚는 것은 악이다.
선으로 악을 갚아야 한다. 사랑과 용서로 악을 이겨야 한다.

"차선을 향한 사랑과 용서"
최선을 향한 미움과 싸움보다는, 차선을 향한 사랑과 용서가 더 성경적
이다.

"진정한 사랑 1"
진정한 사랑은 상대방의 좋은 점뿐 아니라 약점까지도 사랑한다. 대부
분의 사람들은 결혼할 때 상대방의 좋은 점만 보고 결혼한다. 그러나
상대방의 약점까지 사랑할 수 있을 때 진정한 사랑이 생긴다. 주님이
우리를 사랑하실 때 우리의 겉모습만 보고 사랑한 것이 아니다. 우리의
좋은 점만 보고 사랑한 것이 아니다. 예수님은 우리의 연약함을 알면서
도 우리를 사랑하셨다. 이것이 진짜 사랑이다.

"진정한 사랑 2"
내 입장에서만 사랑하는 것은 진정한 사랑이 아니다. 진정한 사랑은 상
대방의 입장에서 사랑하는 갓이다. 많은 사람들이 각자 자기 방법대로
사랑하거니와 상대방에게 '왜 너는 이렇게 안 하느냐'며 자기 방법대로

사랑할 것을 강요한다. 이런 사랑은 상대방을 괴롭게 한다. 상대방의 입장에서 헤아려 사랑해 주라. 그것이 참사랑이다.

"헌신하는 사랑"

예수님의 사랑은 보상과 대가를 요구하지 않는다. 하지만 대부분의 사람들은 사랑을 하면서도 보상과 대가를 요구한다. 교회에는 '섭섭해 하는' 사람들이 많다. 섭섭함은 심리적으로 보상과 대가를 바라기 때문에 생기는 강점이다. 그러나 진정한 사랑은 보상과 대가를 바라지 않는다. 헌신하는 그것이 전부인 것이다.

"사랑하는 사람은 시간이 없다."

사랑하는 사람은 미워할 시간이 없다. 선을 행하는 사람은 악을 저지를 가능성이 점점 줄어든다. 그러므로 모든 시간과 모든 생각, 삶 전체를 선을 행하는 쪽으로 옮겨라.

"사랑은 오래 참는 것이다."

성경은 사랑은 오래 참고, 믿음은 오래 참는 것이라고 말하고 있다. 얼마나 놀라운 메시지인 줄 모른다. 성경은 믿음을 갖기 위해 끝까지 오래 참기를 부탁하고 있다. 도중에 포기하지 말라. 믿음의 줄을 붙잡고 계속 나아가라. 도중에 용기를 포기하지 말라. 끝까지 나가라.

"사랑한다는 첫 번째 사인"

사랑한다는 첫 번째 사인은 포기하지 않고 인내하고 기다리는 것이다.
인내는 온전한 인격과 사람을 만들어 낸다. 인내로써 처음부터 끝까지
한결같은 마음으로 사는 것, 이것이 바른 신앙생활이다.

"순결을 잃어버린 사랑"

오늘날 교회가 능력을 잃어버린 것은 순결을 잃어버렸기 때문이다. 어
느 한쪽이라도 순결을 잃어버리면 부부 사이에 사랑은 식는다.

"혼내도 자녀가 '부모님은 나를 사랑하신다.'고 느끼게 하라"

자녀가 잘못해서 야단치고 때릴 때에도 '자녀가 우리 부모님은 나를 사
랑하신다.'고 느낄 수 있어야 한다. '우리 엄마는 계모가 아닐까?' 하는
느낌을 받게 하면 안 된다.

"자녀 사랑법"

자녀를 사랑하되 맹목적으로 사랑하는 부모들이 있다. 이런 부모들은
자녀를 하나님의 관점에서 키우기보다는 자신의 처지와 관점에서 키우
는 경우가 많다. 이럴 경우, 부모가 잘해 주면 잘해 줄수록 부모 자식
의 관계가 더 어려워진다. 그러므로 하나님의 관점을 가질 필요가 있다.
경건한 부모의 믿음과 기도는 자식에게서 열매를 맺는다. 자라나는 자
녀들에게 경건하게 살아가는 부모의 믿음을 보여 주는 것보다 더 좋고
직접적인 영향을 주는 것은 없다.

(위 내용은 전부 '하용조' 목사님의 말씀)

❧ 용서하지 않는 것은, 나쁜 짓을 한 사람이 누구인지에 상관없이 결과적으로 우리 자신에게 부정적인 영향을 미칠 것이에요. 우리 그리스도인들은 용서를 선택하고 실행에 나아가야 하겠지요. 무슨 일이 있어도!……. 용서는 장기적으로 유익을 가져다주며, 하나님이 기뻐하시는 일이니까……. 가정에 교회에 이웃에 사회에 이 땅에 용서가 있을 때에 진정으로 행복한 삶이 있을 것이에요. '박무학' 선교사님! 사랑해요. 축복해요. 강건하세요. 승리하세요. 가족 모두가 행복하세요. 할렐루야. 샬롬 변영돈 드림.

❧ 모든 사망 권세 이기고 승리하신 주님을 찬양하나이다. 항상 하나님의 말씀을 기준으로 사고하고 행동할 수 있도록 인도해 주세요. 삶 속에서 보혜사 성령님의 인도와 충만함을 경험하게 하시고, 주님의 몸 된 교회를 통하여 지상 명령을 효과적으로 수행할 수 있도록 축복하여 주세요. 이 세상을 살아가면서 우리 모두가 '사랑'과 '용서'가 가득하게 하여 주세요. 길이요 진리요 생명이신 예수님의 이름으로 기도하옵나이다. 아멘. 할렐루야.

❧ 미움은 다툼을 일으켜도 사랑은 모든 허물을 가리느니라.(잠언 10장 12절)

❧ 아무에게도 악으로 악을 갚지 말고 모든 사람 앞에서 선한 일을 도모하라.(로마서 12장 17절)

❧ 악에게 지지 말고 선으로 악을 이기라.(잠언 12장 21절)

❧ 너희가 사람의 과실을 용서하지 아니하면 너희 아버지께서도 너희 과실을 용서하지 아니하시리라.(마태복음 6장 15절) 아멘.

부부

‘부부싸움을 악화시키는 4가지 위험 요인’

다음의 네 가지는 이혼의 가장 큰 예측인자로서 반드시 피해야 할 내용이다.

❶ 비난(criticism) : 상대방에 대한 불만이 있을 때 상대방의 인격을 비난하는 것.

> “당신은 쉬는 날 먹고 뒹구는 거밖에 할 줄 모르지!”
> “당신은 왜 맨날 하는 게 그 모양이야?”
> “어떻게 제대로 좀 하는 게 없어.”
> “그럴 줄 알았어, 당신이 하는 게 뻔하지.”
> “어떻게 당신 엄마랑 하는 게 똑같아?”
> “도대체 하루 종일 집에서 뭐 해?”
> “당신이 그런 식으로 하니까 그 사람들이 다 당신을 싫어하는 거야.”

❷ 자기방어(defensiveness) : ‘내게는 문제가 없다’는 태도는 결국 ‘네가 잘못이다’라는 은근한 반격을 하는 것.

> “그러는 당신은 어머님께 언제 전화했는데?”
> “내가 언제 맨날 그랬다고 그래?”
> “당신은 잘못 없어?”
> “또 시작이야? 그래서 나보고 어쩌라고?”
> “당신이나 잘해!”
> “당신은 정말 이러는 게 문제야.”
> “나 이런 거 이제 알았어?(나 원래 그래. 몰랐어?)”

❸ 경멸(contempt): 상대방을 평가절하하며 비웃는 것.

> "당신 식구들은 다 왜 그러나 몰라. 그러니 뭘 보고 배웠겠어."
>
> "웃기고 있네. 말이 되는 얘기야 그게?"
>
> "지금까지 당신이 나한테 해 준 게 뭐가 있어? 한번 손꼽아 봐!"
>
> "그만큼 이야길 해도 못 알아들어? 참! 세 살 먹은 어린애도 알아듣겠다."
>
> "머리는 뒀다 뭐해 국 끓여 먹을 거야?"
>
> "신문 좀 봐라! 어떻게 그렇게 아는 게 없냐?"
>
> "어이구 꼴에 남자라고. 자존심은 있어 가지고."

❹ 담쌓기(stonewalling): 침묵, 무반응, 무시, 자리뜨기.

> "또 시작이군."(TV볼륨 높이기, 고개 돌리기)
>
> "일 절만 해라."(이후 침묵)
>
> "됐어, 그만해!"(이후 침묵)
>
> "시끄러워! 칫!"(이후 침묵 혹은 딴청하기)

🌿오늘은 '부부의 날'이라고 하는데, 위 내용과 같은 부부가 되어서는 절대로 안 되겠지요. 행복하고 건강한 부부가 되도록 서로가 노력을 해 나간다면 우리의 가정은 주 안에서 언제나 '샬롬'이겠지요. '박무학' 선교사님의 가정에 늘 향기로운 웃음꽃이 일 년 열두 달 활짝 피어나시기를 기도해요. 가족 모두가 행복하세요. 할렐루야. 샬롬 변영돈 드림.

🌿건강한 부부들은 자기들의 인생과 관계에 대해 분명한 기대치를 가

지고 있다.

🍃건강한 부부들은 유전이라든가 자신의 성장 배경에서 생긴 유해하거
나 불쾌한 행동들에 대해 의식하고 있다.

🍃건강한 부부들은 그들에게 우정을 제공해 줌과 동시에 그들이 책임
있는 행동을 할 수 있도록 지켜봐 주는 후원회 비슷한 건전한 소그
룹들과 연결되어 있다. 그런 안전한 소그룹에서는 각자 마음 놓고
생각할 수 있는 자유, 안전, 사랑 및 헌신을 느끼게 된다.

🍃건강한 부부들은 예수 그리스도와 살아 있는 관계를 맺고 있다. 그
들은 그리스도를 알게 된 이후부터 그분을 부유한 삶의 주요 원천으
로 삼고 그분을 의지한다.

🍃여호와 하나님이 이르시되 사람이 혼자 사는 것이 좋지 아니하니 내
가 그를 위하여 돕는 배필을 지으리라 하시니라.(창세기 2장 18절)

🍃네 헛된 평생의 모든 날 곧 하나님이 해 아래서 네게 주신 모든 헛
된 날에 네가 사랑하는 아내와 함께 즐겁게 살지어다. 그것이 네가
평생에 해 아래에서 수고하고 얻은 네 몫이니라.(전도서 9장 9절)

🍃교회가 그리스도에게 하듯 아내들도 범사에 자기 남편에게 복종할지
니라 남편들아 아내 사랑하기를 그리스도께서 교회를 사랑하시고 그
교회를 위하여 자신을 주심같이 하라.(에베소서 5장 24~25절)

🍃너희도 각각 자기의 아내 사랑하기를 자신같이 하고 아내도 남편을
존경하라.(에베소서 5장 33절) 아멘. 할렐루야. 샬롬.

성공학 대가

'브라이언 트레이시의 9단계 목표 설정 기법'

❶ A4 용지에 자신이 꼭 이루어야 한다고 생각하는 것들을 적어 리스트를 만든다.

❷ 중요하지 않다고 생각하는 것부터 차례차례 지워 나간다.

❸ 마지막으로 남은 것을 자신의 '넘버원(No.1)' 목표로 정하고, 이를 다시 A4 종이에 베껴 쓴다.

❹ 목표가 실현 가능한 것인지 생각해 본 후 언제부터 목표 달성을 위해 뛸 것인지 출발점을 정한다.

❺ 현실적이고 명확한 데드라인(deadline)을 설정한다.

❻ 목표를 이루는 데 장애요소(obstacles)가 될 만한 것들을 적어 본다. 지금까지 내가 왜 이 목표를 달성하지 못했는지 적어 본다.

❼ 목표를 이루기 위해 나를 도와야만 하는 사람들의 리스트를 작성한다. 협조를 어떻게 구할 것인지 적는다.

❽ 목표를 달성하기 위해 내게 필요한 기술(skill)을 적는다.

❾ 목표 달성을 위한 세부적인 스케줄 표를 작성한다. 구체적이면 구체적일수록 좋다.

'브라이언 트레이시의 말말말……'

🐌 성공적인 모든 사람들은 가슴속에 큰 꿈을 품은 사람들이었다. 그들은 항상 더 나은 미래를 상상하고 모든 방법을 동원해 이상 실현을 위해 철저히 매달린 사람들이었다.

🐌 '결단력'은 높은 성과를 내는 사람들의 공통적인 능력이다. 아무 결정도 하지 않는 것보다는 바보 같은 결정이라도 내리는 게 차라리 낫다.

🐌 나는 행운이 예측 가능한 것이라는 것을 깨달았다. 보다 많은 행운을 바란다면 좀더 많은 기회를 잡아라. 활동적이 돼라. 여기저기 얼굴을 비추고 다녀라.

🐌 당신의 자녀가 '나는 어떤 목표든지 달성할 수 있다.'고 생각하도록 키웠다면, 당신은 부모로서 100% 성공했을 뿐만 아니라 자녀에게 가장 큰 축복을 준 것이다.

🐌 당신의 수입 중 3%를 자기 계발에 투자하라. 미래를 위한 최고의 투자다. 당신이 어디서부터 왔는지는 전혀 중요하지 않다. 오직 어디로 향하고 있는지가 중요할 뿐……

🐌 늘 스스로에게 '편안한 시간은 끝났다.'고 말하라. 무언가 새로운 것을 시작할 때 불편하고 귀찮을 때까지 자신을 밀어붙여야 성장할 수 있다.

🐌 항상 마음속에 두고 끊임없이 자신에게 묻고 또 물어야 할 질문이 있다. '지금 나의 시간을 가장 값지게 보내려면 무엇을 해야 할까?'

❧성공은 우연이 아니고, 실패도 우연이 아니다. 성공하는 사람은 성공에 이르는 일을 하고, 실패하는 사람은 그런 일을 하는 데 실패한 사람이다.

(위 내용은 전부 『백만불짜리 습관』의 저자 '브라이언 트레이시'의 말)

❧물은 마시고 싶을 때에도 마시고, 마시고 싶지 않을 때에도 마셔야 한다.(유태우 서울대 가정의학과 교수) 하루 약 2리터가 적당하다고 함. 물 잘 먹는 것이 최고의 건강이라고 함. 샬롬.

· 저자 ·

박무학

·약 력·

가정폭력 상담사
강서 가정 봉사원 파견센타 운영
강서 요양보호사 교육원 원장
Homepage: www.wccm.co.kr
E-mail: pmh1787@hanmail.net

지혜의 샘물

· 초판 인쇄	2007년 11월 30일
· 초판 발행	2007년 11월 30일
· 지 은 이	박무학
· 펴 낸 이	채종준
· 펴 낸 곳	한국학술정보㈜
	경기도 파주시 교하읍 문발리 513-5
	파주출판문화정보산업단지
	전화 031) 908-3181(대표) · 팩스 031) 908-3160
	홈페이지 http://www.kstudy.com
	e-mail(출판사업부) publish@kstudy.com
· 등 록	제일산-115호(2000. 6. 19)
· 가 격	20,000원

ISBN 978-89-534-7859-6 93810 (Paper Book)
       978-89-534-7860-2 98810 (e-Book)